LOS GUARDIANES DE GA'HOOLE

El rescate

Título original: The *Rescue*

Traducción: Jordi Vidal

1.ª edición: agosto 2008
1.ª reimpresión: septiembre 2010

Publicado originalmente en 2004 en EE.UU. por Scholastic Inc.

© 2004, Kathryn Lasky, para el texto
© 2004, Scholastic Inc.
© 2008, Ediciones B, S. A.,
en español para todo el mundo
Bailén, 84 - 08009 Barcelona (España)
www.edicionesb.com
www.edicionesb.com.mx

ISBN: 978-84-666-2889-1
Depósito legal: B. 23.482-2008

Impreso por Programas Educativos, S.A. de C.V.

KATHRYN LASKY

LOS GUARDIANES
DE GA'HOOLE

LIBRO TERCERO
El rescate

Traducción de Jordi Vidal

EDICIONES B
GRUPO ZETA

Barcelona • Bogotá • Buenos Aires • Caracas • Madrid • México D. F.
Montevideo • Quito • Santiago de Chile

Territorio de Más Allá

Bosque de las Sombras

Velo de Plata

Reinos
del Sur

Los Yermos

Reino del
Bosque
de
Ambala

Desfiladeros de San Aegolius

Academia San Aegolius
para Lechuzas Huérfanas

N

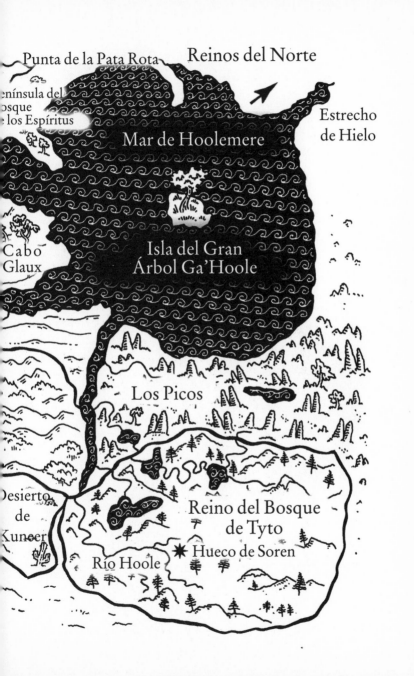

Reinos del Norte

N

Refugio del Hermano
de Glaux

Mar
Amargo

Bahía
de Kiel

Isla de las
Tempestades

Bahía de
Colmillos

Mar del
Invierno Eterno

Garras de Hielo

Estrecho
de Hielo

Isla del Ave Oscura

Reinos del Sur

*Pronto los muros del castillo en ruinas despuntaron,
envueltos en la neblina del amanecer.*

CAPÍTULO 1

Amanecer sangriento

La cola del cometa acuchilló el alba, y en la luz roja del sol naciente, por un breve instante, dio la impresión de que el astro sangrara en el cielo. Todas las aves rapaces nocturnas ya se habían refugiado en sus oquedades en el Gran Árbol Ga'Hoole para su sueño diurno. Todas excepto Soren, que seguía posado en la rama más elevada del árbol Ga'Hoole más alto de la tierra. Escudriñó el horizonte en busca de una señal, cualquier indicio de su querido maestro, Ezylryb.

Ezylryb había desaparecido hacía casi dos meses. El anciano autillo bigotudo, el instructor más viejo del Gran Árbol, había salido en una misión esa noche de finales de verano para ayudar a rescatar polluelos de la conocida como Gran Caída. Había encontrado misteriosamente cientos de huérfanos en el suelo, caídos, algunos de ellos heridos de muerte, otros aturdidos y sin

11

poder hablar. Ninguno de ellos había sido hallado en la proximidad de su nido, sino en un campo abierto en el que casi no había árboles con huecos. Resultaba un misterio insondable cómo aquellos polluelos, la mayoría de los cuales apenas sabía volar, habían llegado hasta allí. Parecía como si hubiesen caído sin más del cielo nocturno. Y una de esas pequeñas aves había resultado ser la hermana de Soren, Eglantine.

Después de que el propio Soren hubiera sido empujado del nido por su hermano Kludd, casi un año antes, y posteriormente capturado por las violentas y desalmadas aves rapaces de San Aegolius, había perdido toda esperanza de volver a ver a su hermana o a sus padres. Aun después de escapar de San Aegolius con su mejor amiga, Gylfie, una mochuelo duende que también había sido capturada, siguió sin atreverse a concebir esperanzas. Pero entonces Eglantine apareció; la encontraron dos queridos amigos de Soren: Twilight, el cárabo lapón, y Digger, el mochuelo excavador, quienes habían salido la noche de la Gran Caída junto con otros en numerosas misiones de búsqueda y rescate. Y Ezylryb, que raras veces abandonaba el árbol salvo para atender a sus obligaciones como jefe de las brigadas de interpretación del tiempo y obtención de carbón, había partido en un intento de desentrañar los extraños sucesos de aquella noche. Pero nunca regresó.

A Soren le parecía muy injusto que, cuando finalmente había recuperado a su hermana, su instructor favorito hubiese desaparecido. Tal vez era un modo de pensar egoísta, pero no podía evitarlo. Soren consideraba que la mayor parte de lo que sabía lo había aprendido del viejo y brusco autillo bigotudo. Ezylryb no era precisamente un pájaro agradable a la vista, con un ojo bizco, la pata izquierda deformada hasta el punto de faltarle una garra y una voz grave que estaba a medio camino entre un gruñido y un trueno lejano. No, Ezylryb no era precisamente atractivo.

—Un gusto adquirido —había comentado Gylfie.

Pues bien, sin duda Soren había adquirido ese gusto.

Como miembro de las brigadas de interpretación del tiempo y de obtención de carbón, que se adentraba en los incendios forestales con el fin de recoger ascuas para la fragua del herrero Bubo, Soren había aprendido sus habilidades directamente del maestro Ezylryb. Y si bien éste era un profesor estricto, a menudo malhumorado e intolerante con las tonterías, era, de todos los instructores, el que mayor devoción sentía por sus alumnos y los miembros de sus brigadas.

Las brigadas eran los equipos reducidos en los que se organizaban las aves del Gran Árbol, y en ellas aprendían una aptitud concreta que resultaba fundamental para la supervivencia no sólo de los pájaros de Ga'Hoole, sino también de todos los reinos de lechuzas y otras aves rapaces nocturnas. Ezylryb dirigía dos brigadas: interpretación del tiempo y obtención de carbón. Pero a pesar de sus modales hoscos, no se resistía a contar algún que otro chiste, a veces chistes muy verdes, para espanto de Otulissa, una cárabo manchado, que tenía la misma edad que Soren y era bastante remilgada, formal y propensa a darse aires. Otulissa no paraba de hablar de sus lejanos y distinguidos antepasados. Una de sus palabras favoritas era «espantoso». Se sentía todo el tiempo «escandalizada» por la «grosería» de Ezylryb, su «falta de refinamiento» y sus «modales bruscos». Y Ezylryb no dejaba de decir a Otulissa que «respirara un poco». Ésa era la forma más descortés de que un ave rapaz dijera a otra que se callara. Ambos reñían continuamente; sin embargo, Otulissa se había convertido en un buen miembro de la brigada, y eso era lo que de veras importaba a Ezylryb.

Sea como fuere, ahora ya no había más riñas. Ni más chistes groseros. Ni remontaban las corrientes de aire, ni se lanzaban en picado a través de ellas, ni atravesaban las paredes de nubes cargadas de lluvia ni ejecutaban las demás maniobras maravillosas que realizaban las lechuzas y otras aves rapaces nocturnas cuando volaban a través de vendavales, tempestades e incluso huracanes en la brigada de interpretación del tiempo. La vida resultaba monótona sin Ezylryb; la noche, menos negra; las estrellas, mates, igual que ese cometa que, como un gran tajo abierto en el cielo, hendía el amanecer.

—Hay quien dice que un cometa es un presagio.

Soren notó que la rama en la que se había posado se movía.

—¡Octavia! —La vieja y gorda serpiente nodriza apareció, deslizándose por la rama—. ¿Qué está haciendo aquí fuera? —preguntó Soren.

—Lo mismo que tú. Buscando a Ezylryb.

Soltó un suspiro. Octavia, como todas las serpientes nodrizas, que cuidaban de los huecos de las lechuzas y los limpiaban de bichos, era ciega. En realidad no tenía ojos, sino dos pequeñas hendiduras. Pero las serpientes nodrizas eran célebres por sus extraordinarias facultades sensitivas. Eran capaces de oír y percibir cosas que otros animales no podían. Así pues, si había ahí fuera unos aleteos que tuvieran el sonido característico de Ezylryb, ella los oiría. Aunque las lechuzas y otras rapaces nocturnas eran aves de vuelo silencioso, cada una de ellas agitaba el aire con sus alas de una forma única que sólo una serpiente nodriza podía identificar. Y Octavia, con su formación musical y varios años en el gremio del arpa bajo la dirección de Madame Plonk, era especialmente sensible a toda clase de vibraciones.

El gremio del arpa era uno de los más prestigiosos a los que las serpientes nodrizas ciegas podían ser asignadas. La querida Señora Plithiver, que había servido en la oquedad de la familia de Soren y con la que él se había reunido milagrosamente, formaba parte también de ese gremio. Las serpientes se entrelazaban en las cuerdas del arpa para acompañar a Madame Plonk, la hermosa búho nival de voz prodigiosa. Octavia había servido como serpiente nodriza a Madame Plonk y a Ezylryb. De hecho, ella y este último habían llegado juntos al Gran Árbol Ga'Hoole desde el territorio de las Aguas Septentrionales de los Reinos del Norte hacía muchos años. Sentía una gran devoción por Ezylryb y, aunque jamás había dicho gran cosa sobre cómo se habían conocido, circulaban rumores en el sentido de que había sido rescatada por el viejo autillo bigotudo y que Octavia, a diferencia de las demás serpientes, no era ciega de nacimiento. Había ocurrido algo que la había vuelto ciega. Desde luego, no tenía las escamas rosáceas como las otras serpientes nodrizas, sino de un color azul verdoso pálido.

La vieja serpiente suspiró de nuevo.

—No lo entiendo —dijo Soren—. Ezylryb es demasiado listo para perderse.

Octavia sacudió la cabeza.

—No creo que se haya perdido, Soren.

Él volvió la cabeza para mirarla. «Entonces, ¿qué es lo que cree? ¿Piensa que está muerto?» Octavia apenas hablaba aquellos días. Era casi como si temiera especular sobre el destino de su querido amo. Los demás, Barran y Boron, los monarcas del Gran Árbol, especulaban sin parar, lo mismo que Strix Struma, otra maestra venerada. Pero el ser que conocía mejor a Ezylryb y lo había tratado durante más tiempo no expresaba conjeturas ni idea alguna, y sin embargo Soren tenía la impresión de que ella sabía algo que la asustaba de veras. Algo lo bastante horrible para callarlo. De ahí sus silencios aparentemente impenetrables. Soren tenía esa impresión acerca de Octavia, lo sentía en su molleja, donde todas las lechuzas percibían sus sensaciones más intensas y experimentaban sus intuiciones más profundas. ¿Podía compartirlo con alguien? ¿Con quién? ¿Con Otulissa? Ni hablar. ¿Con Twilight? No, pues el cárabo lapón era demasiado propenso a la acción. Quizá con Gylfie, su mejor amiga, pero era demasiado pragmática. A la mochuelo duende le gustaban las pruebas concluyentes e insistía mucho en las palabras. Soren podía imaginarse cómo Gylfie lo presionaría si le insinuaba que creía que Octavia sabía algo: «¿A qué te refieres con "saber"?», le diría.

—Es mejor que te vayas, jovencito —dijo Octavia—. Es hora de dormir. Puedo percibir el sol. El amanecer está envejeciendo.

—¿Puede percibir también el cometa? —preguntó Soren de repente.

—Oh. —Pareció un tenue gemido o una exhalación susurrante—. No lo sé.

Pero sí lo sabía. Soren estaba seguro de ello. Octavia lo percibía, y le preocupaba. No debería haber preguntado, y sin embargo no podía evitar hacer más preguntas.

—¿Cree que es realmente un augurio, como dicen algunos?

—¿Quiénes son algunos? —replicó la serpiente—. No he oído a nadie en el árbol charlando sobre augurios.

—¿Y usted? La he oído hace sólo unos momentos.

Octavia se calló por un instante.

—Escucha, Soren, no soy más que una serpiente vieja y gorda de los Reinos del Norte, del territorio de las Aguas Septentrionales. Somos seres recelosos por naturaleza; de modo que no me hagas ningún caso. Ahora regresa a tu hueco.

—Sí, señora.

No merecía la pena enojar a una serpiente nodriza.

Así pues, Soren descendió por entre las ramas extendidas del Gran Árbol Ga'Hoole hasta el hueco que compartía con su hermana, Eglantine, y sus mejores amigos, Gylfie, Twilight y Digger. Mientras volaba, zigzagueando entre las ramas, vio cómo el sol se elevaba intenso y brillante. Al descubrir unas nubes de color de sangre que se cernían sobre el horizonte, una terrible inquietud recorrió los huesos de Soren e hizo que se le estremeciera la molleja.

¡Digger! ¿Por qué no se le había ocurrido nunca compartir sus impresiones sobre Octavia con Digger? Soren parpadeó cuando entró en la oquedad, iluminada por una luz tenue, y vio los bultos dormidos de sus mejores amigos. Digger era un pájaro muy extraño en todos los sentidos. Para empezar, había vivido siempre —hasta que se quedó huérfano— no en un árbol, sino en una madriguera. Con sus patas largas, fuertes y sin plumas, había preferido caminar a volar cuando Soren, Gylfie y Twilight lo conocieron. Había pretendido cruzar todo el desierto a ras de suelo en busca de sus padres hasta que sobrevino un peligro mortal y las tres aves lo convencieron de lo contrario. Digger se preocupaba mucho, era nervioso y muy excitable; pero, al mismo tiempo, ese mochuelo era un pensador muy profundo. Andaba siempre formulando las preguntas más extrañas. El rey Boron había dicho de Digger que poseía una «mentalidad filosófica». Soren no sabía qué significaba exactamente eso. Sólo sabía que si le decía a Digger: «Creo que Octavia puede saber algo sobre Ezylryb», Digger, a diferencia de Gylfie, iría al fondo de la cuestión. No sería meticuloso con las palabras ni diría como en el caso de Twilight: «Bueno, ¿y qué vas a hacer al respecto?»

Soren deseó poder despertar a Digger en aquel momento y compartir con él sus pensamientos. Pero no quería correr el riesgo de despertar a los demás. No, tendría que esperar a que todos se despabilasen con la primera oscuridad.

De modo que Soren se arrebujó en el lecho de plumón y blando musgo del rincón. Lanzó una mirada a Digger antes de cerrar los ojos. El mochuelo excavador, a diferencia de los demás, no dormía de pie o posado, sino en una postura que podía describirse más o menos como en cuclillas apoyándose sobre su cola corta y achaparrada, con las patas extendidas hacia los lados. «Glaux bendito, hasta el modo de dormir de este mochuelo es extraño.» Ése fue el último pensamiento de Soren antes de entregarse al sueño.

CAPÍTULO 2

¡Pepitas en la noche!

El alba irrumpió en la noche, haciendo añicos la oscuridad y tornando rojo el negro, y Soren, con Digger a su lado, voló a través de ella.

—¿No te parece extraño, Digger, que aun siendo de noche el cometa tenga ese color?

—Sí. Y fíjate en esas chispas de la cola debajo mismo de la luna. Glaux bendito, hasta la luna empieza a ponerse roja.

La voz de Digger temblaba de inquietud.

—Ya te he hablado de Octavia. Ella cree que es un augurio, o por lo menos pienso que lo cree, aunque no quiera reconocerlo.

—¿Por qué no quiere reconocerlo?—preguntó Digger.

—Creo que es susceptible al hecho de proceder de las grandes Aguas Septentrionales. Dice que allí todo el mundo es muy supersticioso; pero no sé, supongo que piensa que las aves de aquí se reirán de ella o algo parecido. ¡Quién sabe!

De repente, Soren experimentó una opresión desagradable mientras volaba. Nunca se había sentido incómodo durante el vuelo, ni siquiera cuando se lanzaba en picado hacia los límites de los incendios forestales en las misiones de obtención de carbón. Pero, de hecho, casi podía tocar las chispas de la cola de ese cometa. Era como si fueran puntas abrasadoras que le laceraban las alas, chamuscando sus plumas de vuelo como el fuego vivo de los bosques en llamas no lo había hecho nunca. Describió un gran arco descendente en la noche para tratar de escapar. ¿Se estaba volviendo como Octavia? ¿Podía tocar realmente el cometa? ¡Imposible! El cometa estaba a cientos de miles, millones de leguas de allí. Ahora, de pronto, esas chispas se convertían en destellos de un gris plateado centelleante.

—¡Pepitas! ¡Pepitas! ¡Pepitas! —chilló.

—¡Despierta, Soren! ¡Despierta!

El enorme cárabo lapón, Twilight, lo zarandeaba. Eglantine había volado a lo alto de una percha y temblaba de miedo al ver a su hermano retorcerse y gritar en sueños. Gylfie, la mochuelo duende, volaba en pequeños círculos sobre él, agitando el aire cuanto podía para proporcionarle frescor, y así despertarlo y rescatarlo de su pesadilla. Digger parpadeó y dijo:

—¿Pepitas? ¿Te refieres a las que tenías que recoger en San Aegolius?

Justo en aquel momento la Señora Plithiver se deslizó dentro del hueco.

—Soren, querido.

—Señora P. —Soren tragó saliva. Ahora estaba completamente despierto—. Glaux bendito, ¿la he despertado con mis gritos?

—No, querido. Sin embargo, he experimentado la sensación de que tenías una pesadilla terrible. Ya sabes que las serpientes ciegas percibimos cosas.

—¿Puede percibir el cometa, Señora P.?

La Señora P. se retorció un poco antes de enroscarse en un pulcro ovillo.

—Bueno, no lo sé exactamente. Pero es cierto que desde que llegó el cometa muchas de las serpientes nodrizas hemos estado experimentando..., ¿cómo lo describiría?, cierta opresión en las escamas. De todos modos, no sé con certeza si se debe al cometa o a la proximidad del invierno.

Soren suspiró y recordó la sensación que había tenido en su sueño.

—¿Es como la punzada de pequeñas chispas?

—No, no. Yo no lo describiría así. Pero, bueno, yo soy una serpiente y tú eres una lechuza común.

—¿Y por qué...? —Soren vaciló—. ¿Por qué sangra el cielo?

Sintió un escalofrío que recorría todo el hueco al pronunciar estas palabras.

—No sangra, tonto. —Otulissa, la cárabo manchado, introdujo su cabeza en el hueco—. No es más que un matiz rojo, causado por nubes húmedas que topan con gases aleatorios. Lo leí en el libro de Strix Miralda, hermana de la insigne meteoróloga...

—Strix Emerilla —completó Gylfie.

—Sí. ¿Cómo lo sabías, Gylfie?

—Porque una de cada dos palabras que sale de tu pico es una cita de Strix Emerilla.

—Bueno, no me disculpo. Ya sabes que creo que somos parientes lejanos, aunque vivió hace siglos. La hermana de Emerilla, Miralda, era especialista en espectografía y gases atmosféricos.

—Aire caliente —gruñó Twilight. «¡Glaux bendito! Me saca de quicio», pensó. Pero no lo expresó en voz alta.

—Es algo más que aire caliente, Twilight.

—Pero tú no lo eres, Otulissa —replicó el cárabo lapón.

—Bueno, jovencitos, dejad de reñir —intervino la Señora P.—. Soren ha tenido una pesadilla espantosa. Y, por una vez, creo que no es una buena idea apartar a un lado los sueños. Si te apetece hablar sobre tu pesadilla, Soren, hazlo, por favor.

Sin embargo, en realidad a Soren no le apetecía mucho hablar de ello. Y había decidido finalmente no decir nada a Digger sobre sus impresiones acerca de Octavia. Tenía la cabeza demasiado confusa para poder explicar nada. Se produjo un tenso silencio. Pero entonces habló Digger:

—Soren, ¿por qué «pepitas»? ¿Qué te ha hecho gritar «pepitas»?

Soren notó que Gylfie se estremecía. Y hasta Otulissa se quedó callada. Cuando Soren y Gylfie habían sido prisioneros en San Aegolius se habían visto obligados a trabajar en el granulórium recogiendo egagrópilas. Las lechuzas poseen un sistema único para digerir su alimento y deshacerse de los residuos. Todo el pelo, los huesos y las plumas de sus presas se separan en forma de bolitas, llamadas egagrópilas, en su segundo estómago, ese órgano asombrosamente sensible de las lechuzas que es la molleja. Y esos residuos son expulsados por el pico. En el granulórium de San Aegolius, los habían obligado a clasificar los distintos materiales, como huesos y plumas, pero también un elemento misterioso que se conocía por el nombre de pepitas. Jamás supieron qué eran exactamente; no obstante, eran muy apreciadas por los brutales jefes de San Aegolius.

—No sé por qué —dijo Soren—. Creo que las chispas que salían de la cola del cometa relucían más o menos como las pepitas que sacábamos de las egagrópilas.

—Hum —se limitó a decir Digger.

—Bueno, ya es casi oscuro. ¿Por qué no te sientas a mi mesa, Soren? Estarás a gusto, y voy a pedir a Matron un buen pedazo de ratón de campo asado para ti.

—No puede hacerlo, Señora P. —dijo Otulissa con voz alegre.

Si la Señora P. hubiera tenido ojos los habría puesto en blanco, pero en lugar de eso osciló la cabeza en un arco exagerado y se enroscó un poco más.

—¿Qué es eso de «no puede hacerlo»? Para una cárabo manchado como tú, supuestamente educada y refinada —dijo la Señora P., y enfatizó la palabra «refinada»—, considero que es una manera de hablar descuidada y un tanto grosera, Otulissa.

—Se aproxima una depresión tropical, acompañada de los restos de un huracán, y la brigada de interpretación del tiempo va a salir. Tenemos que comer a la mesa de la brigada del tiempo y...

—Comer carne cruda —dijo Soren, abatido.

¡Glaux bendito, ratón de campo crudo después de una pesadilla y comerlo literalmente encima de Octavia! Porque ésa era la costumbre de las brigadas del tiempo y de obtención de carbón.

Las serpientes nodrizas servían de mesas para todas las aves rapaces del Gran Árbol. Entraban en los comedores portando diminutos cuencos de nueces Ga'Hoole con la carne o los bichos que se sirvieran. Las brigadas siempre comían juntas la noche de misiones importantes. Y si uno estaba en la brigada de interpretación del tiempo o de obtención de carbón, debía comer carne cruda con pelo y todo. Desde luego que Soren, como la mayoría de las aves hasta que llegaron al Gran Árbol, siempre había consumido la carne cruda. Todavía le gustaba, pero en una noche fresquita como ésa, algo caliente en el estómago resultaba muy reconfortante. Bueno, por lo menos trataría de no sentarse al lado de Otulissa. Comer ratón de campo crudo con esa cárabo manchado charlándole al oído bastaba para causar a cualquier pájaro una indigestión..., quizás incluso gases, y no precisamente aleatorios. Procuraría sentarse entre Martin y Ruby, sus dos mejores amigos en la brigada. Martin era un pequeño ejemplar de lechuza norteña, no mucho más grande que Gylfie, y Ruby era una lechuza campestre hembra.

—¡Glaux todopoderoso! —murmuró Soren cuando se acercó a la mesa de Octavia.

El sitio entre Martin y Ruby estaba ocupado por uno de los nuevos polluelos que habían sido rescatados durante la Gran Caída. Se trataba de un pequeño ejemplar de lechuza de campanario moteada llamado Silver. El nombre le quedaba bien porque, como todas las lechuzas de campanario moteadas, Silver era negro pero con la parte inferior de color blanco plateado. Las lechuzas moteadas formaban parte de la misma familia de lechuzas comunes como Soren, la especie Tyto, pero pertenecían a un grupo distinto dentro de esa especie: Soren era un *Tyto alba*, y Silver, un *Tyto multipunctata*. Aun así, dentro del conjunto, se los consideraba como «primos». Y compartían la cara en forma de corazón característico de todas las lechuzas comunes. Ahora Silver, mucho más pequeño que Soren, se volvió y echó la cabeza hacia atrás.

—No deberías tomar el nombre de Glaux en vano, Soren.

Silver habló con una voz que estaba a medio camino entre un gruñido y un chillido.

Soren parpadeó.

—¿Por qué no?

Todo el mundo decía «Glaux» continuamente.

—Glaux fue el primer Tyto. Es una falta de respeto a nuestra especie, a nuestro creador.

«El primer Tyto —pensó Soren—. ¿De qué está hablando?»

Glaux era la orden de aves rapaces nocturnas más antigua de la que descendían todas las demás. Glaux fue la primera de ellas, y nadie sabía si era un Tyto, y todavía menos si era macho o hembra. En realidad no importaba. Al parecer, Soren no era el único que estaba confuso.

—Glaux es Glaux, lo llames como lo llames —dijo Poot.

Poot era el ayudante primero de la brigada del tiempo, pero ahora, en ausencia de Ezylryb, ejercía como capitán.

Silver parpadeó.

—¿De verdad?

—Sí, de verdad —repuso Otulissa—. La primera ave rapaz nocturna de la que todos descendemos.

—Creía que sólo las lechuzas comunes..., aves como Soren y yo.

—No, todos nosotros —repitió Otulissa—. Sea cual sea la forma de nuestras plumas o el color de nuestros ojos (amarillo, ámbar o negro, como los tuyos), todos nosotros descendemos del Gran Glaux.

Otulissa podía resultar sorprendente. El hecho de pronunciar las palabras «todos nosotros» era extraordinario tratándose de un ave que podía llegar a ser increíblemente presumida y engreída.

Era un tanto peculiar que todos los polluelos que habían sido rescatados durante la Gran Caída pertenecieran a la familia de las lechuzas comunes. Eran lechuzas tenebrosas o moteadas como Silver, o lechuzas de campanario comunes o enmascaradas. Pero, a pesar de los diferentes nombres y la coloración ligeramente distinta, todas tenían la característica cara en forma de corazón que las definía como pertenecientes a la familia de Tytos, o lechuzas comunes. Al igual que Silver, todas habían llegado exhibiendo ideas y conductas muy extrañas. Incluso los polluelos más gravemente heridos en el momento de ser rescatados habían balbuceado unas palabras casi ininteligibles, pero se quedaban extasiados por la música. Tan pronto como oyeron a Madame Plonk y el gremio del arpa, su extraño balbuceo cesó.

Los jóvenes polluelos mejoraban todos los días a medida que pasaban más tiempo con aves rapaces normales. Claro que las lechuzas de Ga'Hoole no eran del todo normales. Cuando Soren era muy joven, sus padres les contaban historias a él, a Kludd y a Eglantine. Eran leyendas de un pasado lejano, de las que uno desearía que fueran verdad pero por alguna razón no creía que lo fueran. Una de las historias favoritas de él y de Eglantine empezaba diciendo: «Hace muchísimo tiempo, en la época de Glaux, había una orden de lechuzas caballerescas, de un reino llamado Ga'Hoole, que levantaban el vuelo todas las noches y realizaban buenas acciones. Jamás mentían, y su objetivo era deshacer todos los agravios, ayudar a los débiles, reparar las injusticias, someter a los orgullosos y volver inofensivos a quienes abusaban de los más desvalidos. Con una fe inquebrantable alzaban el vuelo...»

¡Pero sí era verdad! Y cuando él, Twilight, Gylfie y Digger encontraron por fin el Gran Árbol Ga'Hoole en una isla en el centro del mar de Hoolemere, Soren comprobó que para cumplir esa noble misión, uno tenía que aprender toda clase de cosas que muchas lechuzas no aprendían jamás. Aprendieron a leer y contar y, después de acceder a una brigada, adoptaron las aptitudes especiales de navegación, interpretación del tiempo y la ciencia de los metales. Ese tipo de aprendizaje recibía el nombre de «conocimiento profundo» y era impartido por los «instructores». La propia palabra «instructor» implicaba poseer un conocimiento profundo.

Esa noche, la brigada del tiempo volaría y, para Silver y otro joven ejemplar de lechuza de campanario enmascarado llamado Nut Beam, sería su primer vuelo con la brigada. Todavía no habían sido asignados o elegidos para la brigada del tiempo. Ni siquiera eran aún miembros auxiliares. Tan sólo iban a participar en un vuelo de aprendizaje de poca importancia para determinar si podían ser aptos. Antes de su desaparición, Ezylryb parecía capaz de saber a primera vista si un ave podía trabajar en la brigada. Pero ahora que se había ido, Boron y Barran creían que era mejor probar a los jóvenes polluelos para esa brigada concreta, que exigía dotes muy sutiles.

—¿De verdad vamos a volar dentro de un huracán esta noche? —preguntó Silver.

—Sólo en una tormenta tropical de intensidad moderada —contestó Poot—. Una pequeña depresión procedente del sur que agitará la ensenada y el otro lado de ésta.

—¿Cuándo volaremos en un tornado? —quiso saber Silver.

Poot parpadeó con incredulidad.

—¿Estás loco, jovencito? No debes volar en un tornado. ¿Quieres que te arranque las alas? La única lechuza que he visto salir viva de un tornado lo hizo completamente desplumada.

Ahora le tocó a Soren parpadear.

—¿Completamente desplumada? ¿Qué quieres decir?

—No le quedó ni una sola pluma. Ni siquiera un poco de plumón.

Octavia se estremeció, y las tazas de té de oreja de ratón se sacudieron.

—No asustes a los jóvenes, Poot.

—Mira, Octavia, si ellos me preguntan, yo les respondo.

Ruby, una joven hembra de lechuza campestre de color rojo intenso que era el mejor volador de la brigada, parpadeó.

—¿Cómo volaríamos sin plumas?

—No muy bien, querida. Nada bien —contestó Poot.

CAPÍTULO 3

¡Qué golpe!

Albóndigas! Sabrosas y jugosas.

Poot giró la cabeza y lanzó despedida una bola amorfa de algas marinas, pececitos muertos y diversas materias procedentes del mar de Hoolemere que había aterrizado entre los penachos de plumas que cubrían sus oídos.

—Son residuos derivados de la tempestad. Poot tiene una forma de hablar muy ordinaria —murmuró Otulissa con remilgo a Nut Beam y Silver.

Volaba entre los dos jóvenes polluelos, y Soren iba detrás para cerciorarse de que no se metían en una espiral provocada por corrientes ascendentes repentinas, lo cual podía ser peligroso.

—¿Lo veis? Esto es lo que se obtiene —decía Poot—. No hay necesidad de nadar para notar cómo se calienta el agua de abajo, ¿verdad? La notáis ahora, ¿no es cierto?

Soren notaba ráfagas húmedas y calientes que procedían de las olas que rompían abajo. Era curioso, pues aunque estaba a punto de llegar el invierno, el mar de Hoolemere en aquella zona de la ensenada y el otro lado conservaba el calor del verano durante más tiempo que cualquier otra.

—Esto es lo que provoca un huracán, jovencitos, cuando el aire más frío choca con el agua caliente. Bien, he mandado a Ruby a los confines de este lío para reconocer velocidades del viento y esa clase de cosas.

Poot hizo una pausa y se volvió a mirar a los miembros de su brigada.

—Muy bien, ahora... un pequeño test mientras volamos.

—¡Oh, qué estupendo! —exclamó Otulissa—. Me encantan los tests rápidos.

Soren le dirigió una mirada fulminadora pese a los restos de una albóndiga que le salpicaban los bordes de los ojos.

Poot continuó:

—Dime, Martin. ¿En qué sentido gira en espiral el viento en un huracán?

—¡Oh, yo lo sé! ¡Yo lo sé!

Otulissa empezó a agitar las alas con excitación.

—Cierra el pico, Otulissa —le espetó Poot—. Se lo he preguntado a Martin.

Pero entonces intervino Nut Beam:

—Mi abuelita hacía un picado especial llamado espiral.

—Mi abuelito tenía una garra torcida en forma de espiral —dijo Silver en voz alta.

—Glaux bendito.

Soren suspiró. Había olvidado cómo podían llegar a ser los polluelos. Era evidente que Poot no sabía cómo lidiar con unos pájaros tan jóvenes. Pero Otulissa interrumpió lo que estaba a punto de convertirse en una discusión general sobre abuelos.

—Silver, Nut Beam —dijo de pronto, y voló delante de los dos jovenzuelos—. Atención. Fijaos todos en mi cola, por favor. Bien, ¿alguien tiene algo que decir que no guarde relación con sus abuelos, padres u otros familiares o con espirales? —Se hizo el silencio. Entonces Silver sacudió las alas. Otulissa suspiró—. Percibo un aleteo en la parte de atrás. —Volvió la cabeza—. ¿De qué se trata, Silver?

—Mi bisabuela tenía nombre de nube. Se llamaba Altocúmulo.

—Gracias por esa información —repuso Otulissa secamente—. ¿Podemos continuar ahora? Martin, ¿eres tan amable de contestar a la pregunta?

—El viento gira en espiral hacia dentro y en este sentido.

El joven ejemplar de lechuza norteña giró la cabeza casi por completo en sentido contrario al de las manecillas del reloj.

—Muy bien, teniendo en cuenta que nunca has volado dentro de un huracán —respondió Poot.

Ninguno de ellos lo había hecho hasta entonces, exceptuando a Poot.

—Puede que no hayamos volado todavía en uno, Poot, pero lo hemos leído todo acerca de ellos —dijo Otulissa—. Strix Emerilla dedica tres capítulos a los huracanes en su libro *Presiones atmosféricas y turbulencias. Guía del intérprete.*

—El libro más aburrido del mundo —murmuró Martin mientras sobrevolaba el ala de estribor de Soren.

—Me lo he leído de cabo a rabo —afirmó Otulissa.

—Bien, siguiente pregunta —continuó Poot—. Y todos los mayores, cerrad el pico. ¿Cuál es el ala de babor y cuál la de estribor?

Se produjo un silencio.

—Está bien. Sacudid la que creéis que es el ala de babor.

Nut Beam y Silver vacilaron un poco, se miraron entre sí y seguidamente ambos sacudieron el ala derecha.

—¡Error! —dijo Poot—. Vosotros dos, tenéis que recordar cuál es la diferencia. Porque, si no lo sabéis, os alejaréis en la dirección equivocada cuando yo diga virad a babor o girad a estribor.

Soren recordó que aquello le había resultado difícil de aprender cuando empezó a volar en la brigada del tiempo. Ruby, la que mejor volaba, había tardado una eternidad en distinguir entre babor y estribor, pero finalmente todos lo habían logrado.

—Muy bien —dijo Poot—. Voy a emprender un breve reconocimiento en dirección contraria a la de Ruby. Soren y Martin, haceos cargo del grupo. Seguid volando en esta dirección. Regresaré enseguida.

Poot no se había alejado mucho cuando un tufillo inequívoco pareció extenderse sobre la pequeña bandada de rapaces nocturnas.

—Creo que huelo gaviotas cerca. —Otulissa dirigió el pico a favor del viento—. Oh, Glaux bendito, ahí vienen. El hedor es espantoso —murmuró—. ¡Malditas gaviotas! La escoria del mundo de las aves.

—¿Tan malas son? —preguntó Nut Beam.

—Puedes olerlas, ¿no es cierto? Y, para colmo, ¡son unos cagones húmedos!

—¡Cagones húmedos! —exclamaron Silver y Nut Beam a la vez.

—No he conocido nunca un cagón húmedo —confesó Nut Beam—. No me lo imagino.

—En ese caso, no lo intentes —le espetó Otulissa, malhumorada.

—Cuesta trabajo creer que no regurgiten egagrópilas —siguió murmurando Nut Beam.

—Mi hermana tenía un amigo que era un cagón húmedo, pero no le permitían llevarlo a casa —anunció Silver—. Creo que era una curruca.

—Glaux bendito, ya estamos de nuevo —dijo Martin.

—Creo que una vez conocí uno —dijo Nut Beam.

—Bueno, no es algo de lo que estar orgulloso —replicó Otulissa—. Es repugnante.

—Empiezas a parecerte a una serpiente nodriza, Otulissa —observó Soren, y se echó a reír.

Las serpientes nodrizas tenían fama de despreciar a todos los pájaros salvo los de la familia de los estrígidos (como las lechuzas), pues consideraban que aquéllos tenían un sistema digestivo inferior y menos digno debido a su incapacidad para regurgitar egagrópilas. Todos sus residuos eran expulsados por el otro extremo, que las serpientes nodrizas consideraban infame y repugnante.

—Nos proporcionan mucha información útil sobre el tiempo, Otulissa —dijo Soren.

—Querrás decir un montón de chistes obscenos. Se puede encontrar información útil en los libros.

Poot no tardó en volver con las gaviotas tras de sí.

—¿Cuál es la previsión? —inquirió Martin.

—Irrupción de tormenta moderada pero en aumento —contestó Poot—. Las gaviotas dicen que el frente de esta cosa se encuentra por lo menos cincuenta leguas al sudeste.

—Sí, pero tengo noticias para ti. —En ese momento, Ruby llegó deslizándose sobre una corriente tumultuosa y un revoltijo de espuma veloz. Iba acompañada por dos gaviotas. Era como si hubiera aparecido de la nada. Y, de repente, Soren sintió un enorme tirón sobre sus alas a favor del viento—. Te has equivocado de gaviotas. No es sólo una tormenta con un frente. ¡Es un huracán con un ojo!

«¡Un huracán! —pensó Soren—. Imposible. ¿Cómo ha ocurrido tan rápido?» Nadie excepto Poot había volado nunca en un huracán... ¡Y esos polluelos jóvenes! ¿Qué iba a ser de ellos?

—Todavía está lejos —prosiguió Ruby—. Pero se mueve más deprisa de lo que crees y se está intensificando. Además, estamos muy cerca de una franja de precipitación. ¡Y luego está la pared del ojo del huracán!

—¡La pared del ojo! Tenemos que modificar el rumbo —exclamó Poot—. ¿Hacia dónde, Ruby?

—A babor, quiero decir... ¡a estribor!

—¡La pared del ojo! —gritaron Soren y Martin al unísono.

La pared del ojo de un huracán era peor que el ojo en sí. Era una pared de tormentas que iba precedida por las franjas de precipitación que generaban violentos remolinos ascendentes que podían extenderse cientos de leguas desde esa pared.

—No se ve la franja desde aquí debido a las nubes.

«Ay, Glaux —pensó Soren—. No dejes que estos jóvenes polluelos mueran por causa de sus historias de abuelos con nombre de nube.»

—Creo que ahora mismo podríamos encontrarnos entre dos franjas de precipitación —siguió diciendo Ruby.

Y entonces fue como si todos fueran aspirados al interior de un pozo giratorio. «¡Esto sí es un huracán!», pensó Soren. Vio a Martin que pasaba girando como una mancha de color leonado.

—¡Martin! —gritó.

Oyó un resuello tremendo y en la mancha distinguió el pequeño pico abierto del joven ejemplar de lechuza norteña, pues Martin trataba de coger aire. Debía de haber entrado en uno de los terribles vacíos, sin aire, de los que Soren había oído hablar. Entonces Martin desapareció, y Soren tuvo que luchar con todas sus fuerzas para mantenerse cabeza abajo y volando. No podía creer lo difícil que resultaba. Había volado a través de bosques en llamas recogiendo ascuas encendidas, combatiendo los enormes vientos provocados por el fuego y los extraños cambios de dirección del aire que el calor ocasionaba, ¡pero aquello era terrible!

—Virad a babor, al sur por el sudeste. Vamos a descender. ¡Girad a estribor con las plumas de la cola! Extended el álula. —El álula lo formaban unas pequeñas plumas situadas en el ángulo del ala, que podían ayudar a suavizar la corriente de aire. Poot gritaba ahora una serie de instrucciones—. Timón a favor del viento, mantened dos puntos hacia el cielo con el ala de babor. ¡Vamos, brigada! ¡Podéis hacerlo! Plumas remeras primarias hacia abajo. Ahora nivelaos. ¡Impulso hacia delante!

Poot volaba magníficamente, sobre todo teniendo en cuenta que había alojado a los dos polluelos, Nut Beam y Silver, al abrigo de sus alas para protegerlos.

Pero ¿dónde estaba Martin? Era el más pequeño en tamaño de la brigada. «¡Concéntrate! ¡Concéntrate! —se dijo Soren—. Eres pájaro muerto si piensas en cualquier otra cosa que no sea volar. ¡Pájaro muerto! ¡Pájaro muerto! ¡Con las alas arrancadas!» Soren evocó todos los relatos terribles que había oído acerca de los huracanes. Y aunque sus congéneres hablaban del mortífero ojo del huracán, sabía que había algo mucho peor: el borde de ese ojo. Y si el ojo estaba a cincuenta leguas de allí..., bueno, el borde podía encontrarse mucho más cerca. Soren, aterrorizado, abrió de par en par tanto los ojos como su tercer párpado, el transparente que recubría su globo ocular; tenía que esforzarse por limpiar los residuos que le llegaban disparados desde todas las direcciones. Pero no hacía caso de ellos, pues en sus retinas persistía la imagen del pequeño Martin desapareciendo en una fracción de segundo y siendo aspirado directamente hacia ese borde. El ojo del huracán estaba en calma pero, atrapado en su borde, un pájaro podía girar una y otra vez, perder las alas en el segundo giro y muy probablemente asfixiarse hasta morir.

El aire comenzó a calmarse y el calor pegajoso que había llegado desde abajo remitió cuando una capa de aire más fresco se elevó de las agitadas aguas. Pero había empezado a llover con fuerza. Una lluvia torrencial impulsada por los vientos caía en un ángulo pronunciado. Abajo, el mar parecía humear por la fuerza de la lluvia.

—¡A formar, brigada! FVOH —ordenó Poot.

Todos adoptaron las posiciones de su Formación de Vuelo Operativa Habitual. Soren giró la cabeza buscando a Martin a la altura de su ala de estribor. Había un pequeño espacio vacío allí donde el joven macho de lechuza norteña solía volar. Levantó la cabeza hacia la posición de Ruby y vio el plumón de color de orín de su panza. Ella miró abajo y sacudió la cabeza con tristeza. A Soren le pareció distinguir una lágrima en uno de sus ojos, pero bien podía ser el rastro de algún residuo.

—¡Pasaré lista! —bramó Poot—. ¡Levantad el pico, brigada!

—¡Ruby presente! —espetó la lechuza campestre de color herrumbre.

—¡Otulissa presente!

—¡Soren presente!

Luego no se oyó nada..., silencio, o quizá pareció más bien un leve trago desde la posición que Martin había ocupado siempre.

—Ausencia anotada. Continuad —dijo Poot.

«¿Ausencia anotada? ¿Continuad? ¿Eso es todo?» Soren dio un respingo. Pero antes de que pudiera protestar se oyó una vocecilla estridente:

—Silver presente.

—¡Nut Beam presente! Pero estoy mareado.

—¿Dónde está Martin, por Glaux? —chilló Soren, furioso.

—Pájaro abatido —anunció Poot—. Comienza la búsqueda y rescate.

Entonces se produjo un sonido ahogado de arcadas, seguido de un hedor tremendo. Al principio, Soren pensó que Nut Beam había vomitado. Pero entonces, del humeante mar de Hoolemere, se elevó una gaviota que llevaba en el pico un bultito empapado.

—¡Martin presente! —dijo el jovenzuelo con la voz entrecortada.

Martin colgaba inerte del pico de la gaviota.

CAPÍTULO 4

El bosque de los Espíritus

No sé si ha sido el impacto en el agua o el hedor que se ha apoderado de mí, pero aún estoy un poco mareado. Debo decir, sin embargo, que el hedor de gaviota no es mi fragancia favorita.

Martin se volvió y saludó con la cabeza a Smatt, la gaviota que lo había rescatado.

—Bah, no ha tenido importancia.

La gaviota inclinó la cabeza con modestia.

Cuando desapareció por primera vez, Martin había sido aspirado hacia arriba, pero se trataba de un estrecho embudo de aire caliente y casi inmediatamente se había convertido en una columna de aire frío que creó una corriente ascendente, y Martin se había precipitado al mar. Smatt, que estaba navegando entre esos embudos de aire caliente y frío, se lanzó en picado tras él y lo cogió con el pico como habría capturado un pez, si bien Martin era bastante más pequeño que cualquiera de los peces que las gaviotas solían comer.

Ahora se habían posado en tierra firme, en una zona boscosa de una península que se adentraba en el mar. Por el momento, el lugar parecía tranquilo. Pero Soren, al mirar a su alrededor, pensó que aquel bosque era bastante curioso. Todos los árboles tenían la corteza blanca y adolecían de hojas. De hecho, aunque era de noche, aquel bosque emitía una luminiscencia que hacía palidecer la luna en comparación.

—Sospecho —dijo Otulissa mientras escudriñaba el cielo— que aquí estamos entre franjas de lluvia.

Por alguna razón, ese comentario hirió a Soren. Tenía la impresión de que Otulissa trataba de resumir la situación meteorológica como lo haría Ezylryb, siendo el ave más entendida de todas en cuestiones de tiempo. Poot, que había sucedido al maestro como capitán de la brigada, poseía en realidad muy pocos conocimientos en comparación con ella, pero volaba estupendamente. Ahora parecía que Otulissa se hubiera autodesignado como experta en el tiempo.

Poot miró alrededor con inquietud.

—O eso, o estamos en un bosque de los Espíritus.

Todos los miembros del grupo sintieron un escalofrío.

—¿Un bosque de los Espíritus? —susurró Martin—. He oído hablar de ellos.

46

—Sí, has oído hablar de ellos —repuso Poot—. No son lugares idóneos donde pasar la noche.

—Poot, no sé si tenemos elección. —Ruby habló con voz queda y nerviosa—. Quiero decir que el huracán aún no ha pasado. He visto lo peor de él. Es mejor que no juguemos con eso.

—Bueno, chicos. —Smatt empezó a levantar las alas. Un olor fétido flotó hacia ellos—. Creo que yo me largo.

La gaviota miró a Poot con aprensión. En un abrir y cerrar de ojos, levantó el vuelo y desapareció.

—¿Qué vamos a hacer, Poot? —preguntó Silver con un ligero temblor en su voz.

—No tenemos elección, como ha dicho Ruby. Sólo espero que no molestemos a los espectros.

—¡Espectros! —gimieron Nut Beam y Silver.

—Bueno, yo no creo en ellos —afirmó Martin, y hundió sus pequeñas garras en el suelo cubierto de musgo.

Luego, como si quisiera demostrarlo, levantó el vuelo y procedió a buscar un árbol en el que posarse.

—Ten cuidado con qué árbol eliges. No vayas a molestar a un espectro —le gritó Poot.

Pero Soren pensó que tal vez, después de haber sido aspirado por una cortina de lluvia y caer al mar, un espectro no significaba nada para Martin.

Los espectros eran espíritus desencarnados de lechuzas y otras aves rapaces nocturnas que habían muerto y no habían completado el viaje hasta el glaumora, que era el paraíso especial al que iban las almas de estas aves. Sin embargo, Nut Beam y Silver se habían puesto a llorar incontrolablemente.

—¡Controlaos los dos! —estalló Otulissa, indignada—. Los espectros no existen. Se trata de una perturbación atmosférica. Un espejismo. Eso es todo. Strix Emerilla ha escrito al respecto en un libro muy erudito titulado *Anomalías espectroscópicas. Cambios en la forma y la luz.*

—¡Los espectros sí existen! —ulularon los dos polluelos con estridencia.

—¡Mi abuelita lo decía! —exclamó Nut Beam en tono desafiante, y golpeó el musgo con una de sus pequeñas garras.

—Ya he oído suficiente sobre vuestras abuelitas —espetó Otulissa—. Poot, ¿cuánto tiempo tenemos que quedarnos aquí?

—Hasta que pase el huracán. No podemos meter a estos jovencitos allí. —Señaló con la cabeza a Silver y Nut Beam—. Demasiado inexpertos.

—¿Quieres dejarnos aquí... con espectros? —protestó Nut Beam.

Y, como obedeciendo a una señal, Silver se puso a gemir de nuevo.

Ruby levantó el vuelo y se posó justo delante de los dos polluelos. Parecía casi el doble de su tamaño, pues sus plumas de color de orín se habían ahuecado a la manera de las aves que están muy enfadadas. En medio de la sobrecogedora y pálida blancura del bosque, Ruby asemejaba una bola de ascuas encendidas.

—Ya estoy harta de vuestros quejidos. Me importa un montón de excrepaches que haya espectros aquí. Tengo hambre. Estoy cansada. Me apetece una rata rolliza o un ratón de campo; aunque me conformaré con una ardilla si no hay más remedio. Después me iré a dormir. Y es mejor que vosotros dos cerréis el pico, ¡o de lo contrario os amargaré la existencia peor de como podría hacerlo un espectro!

Los demás miraron a Ruby con asombro.

—Creo que deberíamos organizar una partida de caza —sugirió Otulissa.

—Sí, sí, enseguida —dijo Poot. Se puso a revolotear por entre el grupo—. A saber lo que se puede encontrar en un bosque como éste.

Para Soren, Ruby y Martin resultaba obvio que Otulissa había avergonzado a Poot, que pese a sus excelentes facultades de vuelo no era un líder innato. Acusaban la ausencia de Ezylryb más que nunca.

Pero entonces algo indujo a Poot a actuar. Se hinchó de autoridad e hizo todo lo posible para hablar como un líder.

—Soren —dijo—, tú y Ruby podéis cubrir el cuadrante nordeste de este bosque. Recorredlo a conciencia. Tenemos algunos picos hambrientos. Martin y Otulissa pueden cubrir el cuadrante sudoeste. Yo me quedaré aquí con los jovencitos.

—¡Ja! —Ruby emitió un sonido áspero y ascendió por entre las ramas—. Creo que Poot tiene miedo a los espectros; por eso nos envía a nosotros. ¿Estás asustado, Soren?

Habían ganado cierta altura, y la extraña neblina que flotaba entre los árboles de abajo parecía disiparse.

—Más o menos —contestó Soren.

—Bueno, es de agradecer que seas sincero. Pero ¿qué quieres decir con «más o menos»?

—Creo que la idea de un espectro no da tanto miedo como pena. Me refiero a que se supone que los espectros son espíritus que no han podido llegar al glaumora. Es bastante triste.

—Supongo —dijo Ruby.

«¿Supongo?» Soren miró parpadeando a Ruby. A él se le antojaba algo tristísimo, pero Ruby no era una lechuza muy profunda. Volaba maravillosamente, era un miembro de brigada excelente y resultaba muy divertida; sin embargo, aunque sentía cosas en su molleja como todos los demás, no era dada a cavilaciones profundas. Pero ahora lo sorprendió.

—¿Cómo es posible que no hayan podido llegar al glaumora?

—No lo sé. La Señora P. dijo que podría deberse a que tienen asuntos pendientes de resolver en la tierra.

—¿La Señora Plithiver? ¿Qué sabrá ella? Es una serpiente.

—A veces pienso que la Señora P. sabe más acerca

de las aves rapaces nocturnas que nosotras mismas. —De repente, Soren ladeó la cabeza—. Chis —exclamó, y Ruby cerró el pico de inmediato. Ella, como todos los demás pájaros, sentía un gran respeto por las extraordinarias facultades auditivas de las lechuzas comunes—. Hay ardillas listadas.

En realidad había tres. Y Ruby, que era increíblemente veloz con sus garras, logró capturar dos de un golpe. Tuvieron más suerte que Martin y Otulissa, quienes regresaron con sólo dos ratones diminutos.

—La parte del cazador —anunció Poot, señalando con la cabeza a los cuatro.

Era costumbre que las aves que habían consumido la caza tuvieran preferencia a la hora de devorar la presa. Soren eligió una pata de su ardilla listada. Era bastante escuálida, y tampoco era la ardilla más sabrosa que hubiera probado nunca. Quizás un bosque de los Espíritus no era el mejor lugar para que una ardilla listada se volviera rolliza y jugosa. Entonces Soren tuvo una idea horripilante. Tal vez se alimentaban de espectros, o quizá los espectros se alimentaban de ardillas: comida de espíritus. A su molleja apenas le costó trabajo comprimir los huesos y el pelo.

Para cuando hubieron terminado de comer, la noche empezaba a diluirse. Aunque, con la neblina que parecía enroscarse alrededor de las ramas de los árboles de corteza blanca, Soren pensó que daba la impresión de que en aquel bosque anochecía.

—Creo —anunció Poot— que es hora de que nos acostemos. No para dormir todo el día, os lo advierto. Nos marcharemos antes de la primera oscuridad. No temáis que pueda haber cuervos por aquí.

Giró lentamente el cuello como para escudriñar el bosque.

—No. Sólo espectros —dijo Nut Beam.

—Cierra el pico, Nut Beam —chilló Martin con ferocidad.

—¡Vamos, vamos, Martin! No me gusta ese tono, chico —intervino Poot, tratando de mostrarse muy...

«¿Muy qué? —se preguntó Soren—. ¿Como Ezylryb? Jamás podrá parecerse al capitán.»

—Bueno, he estado pensando —siguió diciendo Poot—. Y creo que, siendo éste un bosque de los Espíritus, como algunos lo llaman, será mejor que durmamos en el suelo, sin posarnos en los árboles.

Giró la cabeza con un movimiento lento y amplio, casi como si intentara hacer retroceder los árboles de color hueso que los rodeaban.

Se hizo el silencio, y a Soren le pareció oír cómo se aceleraban los latidos de sus corazones. «Este asunto de los espectros debe de ser muy serio», se dijo. Hasta Ruby se mostraba algo nerviosa. Porque era algo casi inaudito que una lechuza durmiera en el suelo, a menos, naturalmente, que fuese un mochuelo excavador que vivía en el desierto, como Digger. Había peligros a ras de tierra. Depredadores... como los mapaches.

—Sé lo que estáis pensando —continuó Poot con voz nerviosa, y dio la impresión de que evitaba mirarlos a los ojos como habría hecho Ezylryb—. Sé que pensáis que no es normal que aves como nosotros duerman en el suelo. Pero éste no es un bosque normal. Y dicen que estos árboles podrían pertenecer realmente a los espectros. Nunca se sabe en cuál podría posarse un espectro, así que es mejor dejar los árboles en paz. Soy más viejo que vosotros, jovencitos. Tengo más experiencia. Y sería un bobo si no os dijera que siento unos fuertes retortijones en la molleja.

—¡Yo también! —dijo Silver.

—Seguramente tiene una molleja del tamaño de un guisante —susurró Martin.

—Bueno, no os preocupéis demasiado —prosiguió Poot—. Sólo debemos mantenernos vigilosos.

—Querrás decir «vigilantes» —lo corrigió Otulissa.

—No te las des de lista conmigo, chica. Vamos a montar guardia. Yo haré la primera con Martin. Otulissa y Ruby, vosotras haréis la siguiente. Y Soren, tú harás la última. Tendrás que hacerlo solo, pero será la más corta, muchacho. Así pues, no tienes nada que temer.

«¿Nada que temer? Entonces, ¿por qué no la hace él?», pensó Soren, pero sabía que lo último que un miembro de brigada debía hacer era cuestionar una orden. Todo el grupo volvió la cabeza hacia Soren.

Martin dio un paso adelante.

—Yo me quedaré contigo, Soren.

Soren miró parpadeando al joven macho de lechuza norteña.

—No, no... Eres muy amable, Martin, pero estarás cansado. De hecho, ya debes de estar cansado ahora. Quiero decir que te has caído al mar. No te preocupes, Martin. No me pasará nada.

—No, Soren, lo digo en serio.

—No, estaré bien —repuso Soren con firmeza.

Lo cierto es que durante la primera guardia todos estaban demasiado inquietos para dormirse, y el suelo era un lugar demasiado terrible incluso para intentar dormir. Pero a medida que la oscuridad se disipaba y la blancura de los árboles se fundía con la claridad de la mañana, tenían cada vez más sueño. Las cabezas de las aves fueron bajando más y más hasta apoyarse sobre el pecho o sobre el lomo, por cuanto los más jóvenes tenían la costumbre de girar la cabeza y recostarla entre la parte superior de las alas.

—Tu turno, Soren —dijo Ruby.

Soren abrió los ojos y levantó la cabeza.

—No te preocupes. No hay nada ahí fuera. Ni un mapache, ni un espectro, ni el espectro de un mapache.

Otulissa emitió un suave siseo, que era el sonido que hacían las aves rapaces nocturnas al reírse.

Soren se encaminó hacia la atalaya que se encontraba en un pequeño claro. Extendió las alas y, con un breve impulso hacia arriba, se elevó para instalarse en lo alto del montículo. La niebla en el bosque había vuelto a espesarse. Una suave brisa soplaba entre los árboles, agitando y enroscando la neblina en formas humeantes. Algunos bancos de niebla eran finos y estilizados, otros eran compactos. Soren pensó en el estúpido cotorreo de los jóvenes polluelos cuando habían volado previamente, antes de toparse con el huracán. Consideraba que, a su manera un tanto irritante, Silver y Nut Beam eran bastante graciosos. No obstante, le costaba trabajo creer que él hubiera sido tan joven. Apenas conocía a sus padres cuando lo secuestraron, y nunca llegó a conocer a sus abuelos. No había tenido tiempo. Parpadeó mirando la niebla, que giraba dando lugar a formas nuevas. Resultaba curioso que pudiera identificarse esa neblina terrestre como las nubes, en las que uno descubría imágenes: un mapache, un ciervo saltando sobre un tocón, un pez brincando fuera de un río... A veces Soren había tratado de inventarse historias sobre las imágenes que veía en las nubes mientras volaba. Los vapores que tenía delante se habían reunido en una enorme masa informe, pero ahora ésta daba la impresión de dividirse en dos nubes. Había algo vagamente conocido en las formas que esas nubes adoptaban. ¿Qué era? Un bulto hermoso y suave que parecía muy blando y acogedor. Le parecía que algo lo llamaba, pero no se oía ningún sonido. ¿Cómo era posible?

Soren se quedó muy quieto. Algo sucedía. No estaba asustado. No, nada asustado. Pero sí triste, terriblemente triste. Se sintió atraído por aquellas dos formas. Eran plumosas, y tenían la cabeza inclinada como si lo escucharan. Y lo llamaban, decían cosas sin mediar sonido alguno. Era como si aquellas voces estuvieran dentro de su cabeza. En aquel momento sintió que abandonaba su cuerpo; incluso notó que sus alas se extendían. Se elevaba, y sin embargo seguía posado sobre el montículo. Podía ver sus garras hundidas en la cima musgosa con la maraña de hiedra. Pero, al mismo tiempo, veía algo que salía de sí mismo. Era él…, pero no exactamente él. Era su forma, pálida y borrosa, que giraba como las otras formas. La cosa que era él pero no era él se elevaba, subía y desplegaba las alas volando para posarse en el gran árbol blanco situado en el borde del claro donde las otras dos figuras de niebla estaban posadas.

«¿Falsa luz?»

«No, no es falsa luz, Soren.»

«¿Espectros?»

«Si es necesario…»

«¿Mamá? ¿Papá?»

La neblina dio la impresión de temblar y resplandecer como la luz de la luna reflejada en el agua.

Soren flotó sobre el montículo; no obstante, al mirar atrás vio su propia figura allí, quieta. Extendió una pata, ¡pero era transparente! Y entonces se posó sobre la rama. En ese instante, Soren se dio cuenta de que se sentía extrañamente completo. Era como si hubiera tenido un vacío en la molleja y ahora se hubiera llenado y cerrado. Extendió la pata para tocar a su mamá, pero simplemente la atravesó.

«¿Me muero? ¿Me estoy convirtiendo en un espectro?»

«No, cariño.»

Nadie le había llamado «cariño» de ese modo desde que lo habían secuestrado.

Soren ladeó la cabeza e intentó mirar a sus padres; sin embargo, la neblina no dejaba de moverse, cambiar y recomponerse en sus formas. Resultaban reconocibles, pero no era imágenes lo que veía. Parecía más bien una sombra brumosa. Aun así, sabía sin ninguna duda que se trataba de ellos. Pero ¿por qué, por qué después de tanto tiempo estaban allí, buscándolo?

«¿Asuntos pendientes de resolver? ¿Se trata de eso?»

«Eso creemos.» Era la voz de su padre dentro de su cabeza.

«¿No lo sabéis?»

«No exactamente, querido. No estamos seguros. Sabemos que algo va mal. Tenemos sensaciones; aun así, no disponemos de verdaderas respuestas a esas impresiones.»

«¿Estáis tratando de advertirme de algo?»

«Sí, sí. Lo malo es que no sabemos de qué debemos advertirte.»

Soren se preguntó si sabrían lo de Kludd. Quería decirles que Kludd lo había empujado fuera del nido, pero no podía. Algo se detuvo en su mente. Las palabras empezaron a salir como un torrente de su pico, y ahora podía oír esas palabras. Les hablaba acerca de Kludd, pero su mamá y su papá permanecieron impasibles. No oían nada de lo que él decía. Y ahora había un vacío en su cabeza. Todo aquello era muy extraño. Cuando él oía su propia voz, las palabras pronunciadas normalmente, sus padres no la oían. La única forma en que podían hablarse era a través de ese lenguaje silencioso que parecía existir sólo dentro de sus cabezas. Y, sin embargo, Soren no podía formar en su mente las ideas necesarias para hablarles de Kludd, y ellos eran incapaces de advertirle del peligro.

«¡Metal! ¡Cuidado con Pico de Metal!» Esas palabras estallaron en la cabeza de Soren. Era la voz de su padre, pero parecía haber agotado toda su energía. Su papá se disipaba ante sus propios ojos. También su madre. Las neblinas que habían integrado sus formas giraban y se desvanecían. Soren extendió sus garras para sujetarlos.

—¡No os vayáis! No os vayáis. ¡No me dejéis! Volved.

—¿Qué estás gritando, chico? Vas a despertarnos a todos.

De repente, Soren se encontraba en el suelo, y Poot estaba de pie delante de él, parpadeando. ¿Cómo había llegado al suelo? Un segundo antes se hallaba en ese árbol, pero no recordaba haber bajado de él. Y no había neblina. Había desaparecido por completo.

—Lo siento, Poot. Me he subido a ese árbol. —Soren señaló con la cabeza—. Me ha parecido ver algo.

—No es cierto —repuso Poot—. Me he despertado hace unos minutos. Estabas posado aquí, en el montículo. Completamente alerta..., como un buen vigía. Créeme, te habría arrancado las plumas de la cola en caso contrario.

—¿Estaba aquí?

Soren no lo podía creer.

—Desde luego que sí, jovencito —contestó Poot, y lo miró con curiosidad como si se hubiera vuelto loco—. Estabas aquí mismo. De haberte encontrado en lo alto del árbol te habría visto, créeme.

«¿Ha sido sólo un sueño? —pensó Soren—. Pero parecía muy real. He oído las voces de mamá y papá dentro de mi cabeza. Era real.»

—Es hora de levantar el vuelo. —Poot miró al cielo, que adquiría un tono morado oscuro, con nubes rosáceas deslizándose a través de él—. Tenemos el viento a favor —comentó Poot, después de examinar las nubes durante unos momentos—. Cogeremos un viento del oeste y navegaremos de bolina.

Navegar de bolina consistía en volar fácilmente con

el viento ni de cara ni directamente en la cola, sino un poco a popa del ala, lo cual proporcionaba un impulso constante a su vuelo. Los demás empezaban a despertar de su sueño diurno.

—¡A formar! —ordenó Poot.

Tendrían que despegar desde el suelo, lo que resultaba un poco más difícil que levantar el vuelo desde una rama. Aun así, lo hicieron. Soren y Martin fueron los últimos en elevarse. Ascendieron en círculos cerrados, en espiral, y pronto se alejaron del bosque de los Espíritus.

Cuando Soren miró atrás, vio que la niebla volvía a formarse para serpentear entre los árboles, como si fuese una bufanda sedosa. Soren forzó la vista para distinguir aquellas dos formas conocidas. Sólo un vislumbre más, era lo único que quería. Un vislumbre más. Pero la bruma se extendía espesa e informe sobre el blanco bosque. No obstante, si Soren hubiera podido ver a través de ella, habría distinguido una pluma, semejante a una de las suyas pero casi transparente, descendiendo lentamente de la rama de un árbol del bosque de los Espíritus.

CAPÍTULO 5

La fragua de Bubo

Hacía dos días que Soren había regresado. Pero no había dicho nada de su extraña experiencia en el bosque de los Espíritus a nadie, ni siquiera a sus amigos más íntimos, los que con él formaban la «banda»: Gylfie, Digger, Twilight y ahora también, desde su rescate, su hermana Eglantine. Pero todos los días, cuando se sumía en el sueño, soñaba con los espectros de sus padres. ¿Había sido un sueño también lo que había visto en el bosque de los Espíritus? Y las palabras «Pico de Metal» parecían casi resonar con estruendo en su mente y provocar inquietantes temblores en su molleja. Las palabras cobraban vida propia y se hacían más escalofriantes a cada hora que pasaba.

—Hay algo que te asusta, Soren. Lo sé —dijo Digger cuando estaban acomodados en la biblioteca una noche después de la práctica de navegación.

—No, nada en absoluto —se apresuró a replicar Soren.

Había estado leyendo un libro muy bueno, pero se distraía y había leído la misma frase unas cinco veces. Digger se encargaría de averiguar las preocupaciones que lo obsesionaban día y noche.

—¿Nada en absoluto, Soren?

Digger parpadeó y lo observó detenidamente. Las cejas de plumón blanco que enmarcaban sus ojos amarillos e intensos oscilaron un poco.

Soren devolvió la mirada a Digger. «¿Debería contarle lo de los espectros..., lo del Pico de Metal? Lo mejor es ser sincero, pero...»

—Digger, hay algo que me preocupa; sin embargo, no puedo decírtelo ahora. ¿Lo entiendes?

Digger parpadeó de nuevo.

—Claro, Soren. Cuando estés dispuesto a decírmelo, te escucharé —repuso el mochuelo excavador en voz baja—. No tienes que decir nada hasta que estés preparado.

—Gracias, Digger, te lo agradezco mucho.

Soren se levantó, cerró el libro que estaba leyendo y fue a colocarlo en su estante. Éste se encontraba junto a la mesa frente a la que Ezylryb siempre se posaba para entregarse absorto a sus estudios, al tiempo que picoteaba de su montoncito de orugas secas. La biblioteca no era la misma sin el viejo autillo bigotudo. Nada parecía lo mismo sin él. Soren devolvió el libro a su sitio en el estante. Cuando se disponía a marcharse, un volumen sobre metales llamó su atención. ¡Metales! ¿Cómo no se le había ocurrido antes? Tenía que ir a ver a Bubo, el herrero. Debía ir de inmediato a la fragua de Bubo. Tal vez no estaba dispuesto a contárselo a Digger, pero sí a Bubo; si no todo, por lo menos una parte, la que se refería al Pico de Metal.

Salió volando del Gran Árbol Ga'Hoole, descendió en espiral hacia su base y planeó a ras de suelo hasta una cueva cercana. La fragua de Bubo se hallaba junto a la entrada, y la roca se había ennegrecido con el paso de los años por efecto de las hogueras. Era a esa fragua adonde Soren y los demás miembros de la brigada del carbón llevaban las ascuas encendidas que alimentaban los fuegos, en los que se fundían los metales que se usaban en el Gran Árbol para toda clase de cosas, desde ollas y sartenes hasta garras de combate y escudos. Si había alguien que entendiera de picos de metal, o aquello a lo que los espectros se habían referido con sus voces susurrantes que aún sonaban en la cabeza de Soren, tenía que ser Bubo. Sin embargo, el fuego estaba extinguido y no había ni rastro del herrero. Quizá se encontraba dentro.

Aunque Bubo no era uno de esos mochuelos excavadores que siempre construyen sus nidos en el suelo, prefería vivir en una cueva en lugar de hacerlo en un árbol. Como en cierta ocasión había explicado a Soren, los herreros como él, ya fuesen búhos comunes, búhos nivales o cárabos lapones, se sentían atraídos por la tierra donde, de hecho, se hallaban los metales.

Soren se adentró en la sombra del saliente rocoso de la entrada de la cueva. Muy al fondo podía ver los centelleos de los giravidrios que Bubo había construido. Esos artefactos estaban hechos con trozos de cristales de colores y, cuando la luz se filtraba en el interior de la caverna e incidía sobre ellos, sus reflejos giraban a través del aire y rebotaban en las paredes en motas multicolores. Pero esa noche no había luz lunar. La luna estaba en su fase menguante, y apenas se veía como una tajada.

—¡Bubo! —gritó Soren. Esperó—. ¡Bubo!

—¿Eres tú, Soren?

Una enorme masa oscura de plumas emergió de la negrura de la cueva. Los búhos comunes como Bubo eran grandes, pero éste era inmenso y se elevaba imponente sobre Soren. Los dos penachos de plumas que le cubrían los oídos, que se levantaban muy tiesos por encima de los ojos, eran sumamente tupidos, lo cual le confería un porte un tanto amenazador. Pero Soren sabía que bajo esa apariencia feroz estaba el pájaro más bondadoso de todos. Aunque, como la mayoría de los búhos comunes, sus plumas eran básicamente de tonos apagados grises, marrones y negros, estaban inyectadas de rojo y amarillo intenso como los fuegos más ardientes…, los que se decía que reverberaban. «Reverberante» era la palabra que los herreros como Bubo empleaban para calificar los fuegos más intensos y vivos, que presentaban matices y colores distintos a los corrientes. Sí, podía decirse que Bubo tenía un plumaje «reverberante». Era como si se hubiera vestido con las llamas de su fragua en lugar de las apagadas plumas propias de su especie.

—¿Qué te trae por aquí, muchacho?

—Pico de Metal —contestó Soren sin rodeos.

—¡Pico de Metal! —exclamó Bubo con voz entrecortada—. ¿Qué sabes de él, chico?

—¿Él? —Soren parpadeó—. ¿Se trata de alguien?

Hasta ese momento Soren pensaba que los espectros de sus padres se habían referido a un objeto..., algo que le causaba pánico, como pepitas. Sí, había sospechado que eran pepitas porque el propio Bubo había sido el primero en explicarle que las pepitas que se habían visto obligados a recoger en San Aegolius eran un metal especial con lo que él denominaba «propiedades magnéticas». Había dicho que cuando todas las partes minúsculas e invisibles, las pepitas de esos metales, se alineaban, se creaba una fuerza que se llamaba magnética. Ahora Soren no sabía qué pensar. Le aliviaba saber que Pico de Metal no tenía nada que ver con pepitas. Pero ¿por qué estaba Bubo tan agitado? El enorme búho común casi se salía de su plumaje encendido.

—Mantente alejado de él. No te metas con esa rapaz, Soren.

—¿Pico de Metal es un ave rapaz nocturna?

—Oh, ya lo creo.

—¿De qué clase?

—Nadie sabe de qué clase es. Un mal bicho, es lo único que puedo decirte.

Soren estaba confuso.

—¿Cómo es posible que no sepas a qué clase pertenece?

—Porque lleva un pico y una máscara de metal que le cubre la mayor parte de la cabeza.

—¿Por qué?

—No sabría decirte. —Parecía como si Bubo no quisiera hablar del asunto—. Hay quien dice que vuela ruidosamente como un mochuelo chico, pero no tiene el tamaño de un mochuelo chico, eso seguro. Bueno, tal vez una lechuza común pero mayor, mucho más grande, aunque no tanto como un cárabo lapón. Algunos aseguran que tiene penachos de plumas sobre los oídos como un búho común, como un servidor. Otros dicen que no. Pero hay algo en lo que todo el mundo está de acuerdo.

—¿De qué se trata?

Bubo bajó la voz.

—Es el pájaro más brutal de todos los reinos de lechuzas y otras rapaces nocturnas. Es el ser más despiadado de la tierra.

Soren tuvo la sensación de que la molleja le descendía hasta las patas. Cuando él y su banda iban de viaje hacia el Gran Árbol Ga'Hoole, se habían topado con un cárabo de franjas moribundo. A Soren y sus compañeros les pareció un asesinato perpetrado por patrullas de San Aegolius.

«¿Fueron los de San Aegolius?», había preguntado Gylfie. Y el cárabo moribundo había respondido con su último aliento: «Ojalá hubieran sido los de San Aegolius. Era algo mucho peor. Creedme..., si hubieran sido de San Aegolius... ¡Ah! ¡Ojalá!»

Soren, Gylfie, Twilight y Digger no podían imaginarse nada peor, nada más brutal que San Aegolius. Pero el cárabo de franjas les había dicho que sí, existía algo mucho peor. Era indescriptible y ahora posiblemente sin rostro; aun así, los cuatro amigos estaban tan asustados que habían empezado a referirse a ese monstruo o posiblemente monstruos como el «ojalá». Las pocas ocasiones en las que habían comenzado a preguntar sobre aquel mal, los instructores del Árbol Ga'Hoole habían desviado hábilmente el rumbo de la conversación. Pero ahora Bubo le hablaba de esa brutal ave conocida como Pico de Metal.

Bubo jamás eludía las preguntas de un joven. Simplemente no era su estilo. De modo que Soren no se resistió a insistirle.

—¿Sabes, Bubo, cómo Gylfie, Digger, Twilight y yo encontramos a ese cárabo de franjas moribundo en Los Picos?

—Sí, oí hablar de ello y también del lince que vosotros cuatro lograsteis matar con mucho estilo, diría yo. Dejasteis caer un ascua encendida sobre uno de sus ojos, un golpe certero... ¿desde qué distancia?

—Oh, no lo sé, Bubo. Pero dime una cosa: ¿crees que a aquel cárabo de franjas pudo asesinarle ese Pico de Metal?

—¡Es muy posible! Ciertamente posible. Quizás hasta probable, lo cual, como ya sabes si estudias aritmética, puede suceder más a menudo que lo posible. Dicho de otro modo, probable es más posible que posible.

—Sí, sí, desde luego —le atajó Soren. Bubo podía extraviarse de ese modo, y luego podía resultar muy difícil encauzarlo de nuevo—. Entiendo lo que quieres decir. Pero ¿por qué sería muy posible, o quizás incluso probable, que ese Pico de Metal matara al cárabo de franjas?

—Bueno, aquel cárabo de franjas era un herrero ermitaño, ¿verdad?

En realidad, Bubo no había formulado una pregunta. Soren no estaba seguro de entender el significado de sus palabras, pues parecía que el búho dijera que si un ave era un herrero ermitaño eso podía ocurrir a veces.

—Sí —dijo Soren con vacilación—. Pero...

—Pero ¿qué?

—Bueno, Bubo, no sé exactamente qué es un herrero ermitaño.

—No sabes qué es un herrero ermitaño, ¿verdad?

Soren sacudió la cabeza y se quedó mirando sus garras.

—No tienes por qué avergonzarte, chico. Un herrero ermitaño es un herrero como yo, pero no depende de ningún reino. Quiero decir que nosotros, los que vivimos en el Gran Árbol Ga'Hoole, somos los únicos que sabemos utilizar el fuego para toda clase de aplicaciones, como cocinar, encender velas para leer y, por supuesto, fabricar utensilios, como garras de combate, ollas, sartenes y calderas. Sin embargo, esos herreros ermitaños sólo saben forjar determinadas cosas y principalmente fabrican garras de combate. Armas, ¿sabes?

—Pero ¿para quién las fabrican?

—Para aquel que se lo pida. No hacen preguntas sobre quiénes son, si bien al parecer obtienen mucha información de una u otra forma. Tienen trato con carboneros ermitaños. Averiguan muchas cosas de ellos.

—¿Carboneros ermitaños? ¿Quieres decir carboneros como yo, Otulissa, Martin y Ruby?

—Sí, pero sin brigada. ¿Entiendes? Actúan solos.

—¿Se adentran solos en los incendios forestales? Bubo asintió con la cabeza.

—Pero son los herreros los que en realidad obtienen toda la información útil. Aquel cárabo de franjas era un confidente.

—Sí —respondió Soren.

—Bien, ya sabes qué es un confidente, ¿verdad?

—Hum..., ¿una especie de agente secreto?

—Eso es, básicamente. Tiene los ojos y los oídos abiertos para captar noticias y después nos las transmite. Pero nunca se quedan mucho tiempo cuando vienen. Les gusta vivir en libertad. Creo recordar que aquel cárabo de franjas vino aquí una vez hace mucho tiempo. Era un pájaro muy rudo. No le gustaba la carne cocida, no señor. Decía que la luz de las velas y el olor de la cera le revolvían la molleja.

—¿Hay otros herreros ermitaños? —quiso saber Soren.

Empezaba a ocurrírsele una idea.

—Oh, sí..., unos cuantos. Hay un búho nival cerca de la frontera entre Los Yermos y Velo de Plata.

—¿Cómo se llama él? —inquirió Soren.

—¿Él? ¿Qué te hace pensar que es un macho?

—¿Ella entonces? —preguntó Soren con vacilación. Bubo asintió con la cabeza—. No he oído hablar nunca de un herrero hembra.

—Bueno, pues las hay.

Bubo golpeó con sus garras uno de los giravidrios, y los colores parecieron encenderse al captar la luz de una vela y motearon las paredes de la cueva.

—¿Cómo se llama? —insistió Soren.

—No lo sé. La mayoría de los herreros ermitaños mantienen su nombre en secreto. Son tipos raros, te lo aseguro. —Bubo observó atentamente a Soren, fijando en él su mirada ambarina—. Los ermitaños son imprevisibles, y no sólo eso: a menudo reciben la visita de gente malvada. A fin de cuentas, fabrican armas. Así pues, Soren, no te ilusiones.

Pero eso era precisamente lo que Soren hacía: ¡ilusionarse!

CAPÍTULO 6

El dilema de Eglantine

Cuidado con Pico de Metal.» Eso me dijeron los espectros.

Soren se hallaba en el hueco con Twilight, Gylfie, Digger y Eglantine.

—Pero ¿lo dijeron en voz alta?

Gylfie se acercó a Soren de un salto y lo miró desde abajo.

—Bueno, no..., no exactamente. Los espectros no hablan en voz alta.

—En ese caso —dijo Eglantine con voz quebrada—, ¿cómo sabes que eran los espectros de mamá y papá? Eso significaría que están muertos, ¿no?

Las lágrimas empezaron a derramarse de los ojos negros como el carbón de su hermana.

—Así es, Eglantine, y no podemos hacer nada al respecto —repuso Soren.

—Los muertos están muertos —sentenció Twilight con su franqueza habitual.

Gylfie se volvió y le atizó una patadita en las garras.

—¿Para qué has hecho eso, Gylfie?

—Twilight, la pequeña acaba de enterarse de que sus padres están muertos. ¿Podrías ser un poco más sensible?

—Pero ésa es la verdad, ¿no? —protestó Twilight, algo avergonzado por la reprimenda de Gylfie.

—Lo es y no lo es —dijo Soren—. Me habéis preguntado cómo los oí, cómo podía estar seguro. No puedo explicarlo exactamente. Eran ellos. Percibí sus espíritus, y sus palabras no eran pronunciadas en voz alta, sino que parecían formarse en mi mente. Primero aparecían como niebla o neblina, y luego se materializaban en una forma que tenía significado, una imagen. Sin embargo, me sentí muy próximo a ellos. Supe que eran ellos.

Entonces habló Digger:

—Pero ¿por qué dices que es verdad y no lo es que están muertos, Soren?

—La Señora Plithiver me contó que un motivo de que los espectros de las aves como nosotros no vayan al glaumora es que tienen asuntos pendientes de resolver en la tierra. Creo que el asunto pendiente de mamá y papá consistía en advertirme sobre Pico de Metal. Tenemos que encontrarlo, y opino que la mejor manera es ir a ver a la herrera ermitaña de Velo de Plata.

—No podemos, Soren —objetó Eglantine con voz quejumbrosa—. Tengo navegación y Ga'Hoolología, y se enfadan mucho con nosotros, los jóvenes, si nos saltamos clases. Sobre todo la instructora de Ga'Hoolología. Dice que ésta es la época más importante para el árbol.

Ga'Hoolología era el estudio y cuidado del Gran Árbol, que no sólo proporcionaba alojamiento a las aves de Ga'Hoole, sino también alimento mediante sus nueces y bayas. De hecho, apenas había alguna parte del árbol que no se aprovechara para algo.

—Sí, pero se acerca la cosecha de bayas —dijo Soren.

—¿Y qué? —inquirió Eglantine.

—Es una gran fiesta. —Gylfie se dirigió a Eglantine—. No hay prácticas de brigada ni clases durante tres días. Todos tenemos que ayudar en la cosecha y luego, la tercera noche, se celebra un gran banquete que se prolonga durante las tres o cuatro noches siguientes. Dicen que los instructores siempre se ponen muy piripis con vino de oreja de ratón. Será el momento más idóneo para marcharse sin que nadie se dé cuenta.

—¡Oh! —exclamó Eglantine. Parecía un poco desalentada, como si se hubiera desvanecido para ella una última esperanza—. ¿Y cuándo empieza esa fiesta?

—Dentro de cinco días —contestó Digger.

—¡Cinco días! —exclamó Eglantine, aterrorizada.

—Sí —dijo Soren—. Pero no deberíamos marcharnos hasta después de que haya comenzado el banquete. Los banquetes no empiezan hasta ocho días más tarde.

—Sí, sí —convinieron todos.

Se pusieron a hacer planes de inmediato. ¿Deberían ir sólo ellos cinco o incluir a otros como Martin y Ruby? A Soren le pareció una buena idea, porque los carboneros conocían las costumbres de los herreros y otros carboneros y, francamente, Soren se dio cuenta de que no quería depender exclusivamente de aquella herrera ermitaña. Podría mostrarse reacia. Se preguntó si Eglantine estaría lo bastante fuerte para ir. Todavía la veía frágil —aunque ya habían transcurrido casi dos meses desde su rescate—, no sólo físicamente, sino también vulnerable en la molleja. Pero ¿no heriría sus sentimientos que la dejaran atrás?

—¿Qué me decís de Otulissa? —sugirió Gylfie.

Siguió un sonoro «¡No!».

—No sabe mantener el pico cerrado —observó Twilight.

—Cierto —dijo Digger—. Se lo contaría a todo el árbol.

—Yo no puedo ir, ¿verdad, Soren? —preguntó Eglantine con una vocecilla temblorosa.

—¿Te sientes lo bastante fuerte?

—¡Claro que sí!

A Soren le faltó valor para decirle que no.

Entonces, de repente, se le ocurrió otra idea.

—¿Sabéis?, durante todo este tiempo he estado

pensando que ese Pico de Metal, quienquiera que sea, podría ser el que asesinó al cárabo de franjas. ¿Creéis que...?

Fue como si sus tres amigos, Twilight, Digger y Gylfie, hubieran leído la mente de Soren.

—Ezylryb —dijeron todos con voz entrecortada.

—Exacto. ¿Creéis que Pico de Metal pudo tener algo que ver con la desaparición de Ezylryb?

Los amigos empezaron a susurrar con excitación.

—Debemos idear nuestra estrategia —dijo Gylfie.

—Es mejor que vayamos a la biblioteca y consultemos un mapa de Velo de Plata —añadió Digger.

—Bueno, Bubo dijo que la herrera ermitaña estaba en la frontera entre Velo de Plata y Los Yermos. Así pues, ¿no significa eso que podría estar en uno de los dos sitios? —preguntó Soren.

—Pero la llaman la herrera ermitaña de Velo de Plata —repuso Gylfie—. Por lo tanto, hay más probabilidades de que esté más cerca de Velo de Plata.

Había incontables detalles que resolver. ¿Deberían «tomar prestadas» garras de combate del arsenal? No, los descubrirían de inmediato aunque los adultos estuvieran piripis. ¿Podrían salir más pronto? ¿Qué tiempo se avecinaba? Si soplaba viento del sur y ellos volaban al sudsudeste, podía frenarlos. Entre todo aquel jaleo de voces se produjo un pequeño silencio. Y fue entonces cuando Eglantine se retiró a su rincón del hueco e intentó llorar lo más silenciosamente posible en su mullido nido de plumón. Pero no era plumón de su mamá. El olor no se parecía en nada al de su mamá, y había demasiado musgo. De todos modos, no podía dejar que Soren la viera llorar. Acababa de decirle que era lo bastante fuerte para volar con ellos hasta Velo de Plata. Anhelaba fervientemente que la incluyeran. No debían pensar que era una cría. Bueno, sólo había un sitio al que acudir cuando se sentía tan mal: a la Señora Plithiver. Esperaba que las compañeras de hueco de la Señora P. —otras dos serpientes nodrizas— no estuvieran allí. Si la veían llorar pronto se sabría en todo el árbol. Las serpientes nodrizas tenían fama de ser muy chismosas.

—Vamos, vamos, querida. —La Señora Plithiver se había enroscado y se estiraba todo lo que podía para acariciar el ala de Eglantine—. No puede ser tan malo.

—Lo es, Señora P. Usted no lo entiende.

—No, no lo entiendo. ¿Por qué no empiezas por el principio?

De modo que Eglantine habló a la vieja serpiente nodriza de lo que Soren había visto en el bosque de los Espíritus, de los espectros de sus padres, y de cómo Twilight había dicho «los muertos están muertos». Pero Soren había respondido «no exactamente» y les había hablado sobre Pico de Metal y los asuntos pendientes de resolver.

—Verá, Señora P., ya sé que no está bien, pero si ese asunto queda resuelto mamá y papá irán al glaumora, y entonces ya no volveré a verlos nunca más.

La Señora Plithiver guardó silencio durante largo rato. De haber tenido ojos, quizás habrían llorado. Finalmente dijo:

—Eglantine, no es malo querer ver de nuevo a tus padres, pero la verdadera cuestión es: ¿te alegrarías de verlos, a ellos o a sus espectros, y comprobar que están muy tristes y preocupados por ti?

Eglantine parpadeó. No había pensado en eso.

—¿Soren se alegró? —continuó la Señora P.—. ¿Tu hermano dijo si se alegró y se sintió feliz al verlos?

Ahora que Eglantine pensaba en ello, recordó que Soren no se había mostrado nada contento desde que había regresado del bosque de los Espíritus. Parecía muy afectado por algo. Y la Señora Plithiver, como si leyera directamente la mente de Eglantine, dijo:

—Son los espectros. Los espectros con asuntos pendientes, aunque parecen hechos tan sólo de niebla y vapor, pueden resultar una carga terrible para los vivos. Me di cuenta de ello tan pronto como Soren regresó.

—¿De veras? —Eglantine, asombrada, parpadeó. La Señora P. asintió con su cabeza rosada, y las hendiduras de sus ojos parecieron estremecerse—. ¿Cómo? —quiso saber Eglantine.

—Ya te he dicho, pequeña, que aunque somos ciegas, las serpientes nodrizas poseemos unos sentidos muy afinados. Captamos esa clase de cosas, sobre todo si tienen que ver con miembros de la familia, y yo trabajé para la tuya durante tanto tiempo que..., bueno, sé cuándo alguno de vosotros está indispuesto. Pero, Eglantine, lo principal es que debes librarte de esa idea de que ver a tus padres una vez más, encontrarte con sus espectros, te haría sentir feliz. No lo haría, querida, créeme.

—Resulta difícil —dijo Eglantine, y calló.

—Lo sé, lo sé. Pero, querida, debes pensar en los buenos ratos que viviste con tus padres, los momentos felices.

—Como cuando papá nos contaba las historias de la orden de las lechuzas guardianas de Ga'Hoole antes de acostarnos. Las llamaba «caballeros».

—Sí, querida, yo también escuché esas historias. Tu padre tenía una voz muy sonora, sobre todo tratándose de una lechuza común.

—Pero, Señora P., papá creía que esas historias no eran más que leyendas. No sabía que eran ciertas, y tampoco sabe que ahora Soren y yo estamos aquí y algún día seremos también Guardianes de Ga'Hoole. Ojalá mamá y papá lo supieran.

Eglantine exhaló un profundo suspiro.

—Pues creo que sí lo saben, querida. Ésa es la cuestión. ¿Por qué si no sus espectros han tratado de advertir a Soren? Puede que tuvieran asuntos pendientes, pero sabían que tú, Soren, Twilight, Digger y Gylfie podríais resolverlos, porque sois casi Guardianes de Ga'Hoole, ¿no es cierto?

—Bueno, ellos sí. Pero yo no..., todavía no.

—¡Bah, todavía! —La Señora Plithiver sacudió la cabeza como para borrar esa palabra—. En tu molleja, sé que lo sientes. Y que lo eres.

—¿De veras, Señora Plithiver?

—De veras, Eglantine.

Eglantine regresó al hueco sintiéndose mucho mejor. De hecho, casi estaba entusiasmada por la aventura que iban a afrontar.

CAPÍTULO 7

La fiesta de la cosecha

En el Gran Árbol Ga'Hoole había cuatro estaciones, que empezaban en invierno con la época de la lluvia blanca; a continuación llegaba la primavera, que era conocida como la época de la lluvia plateada; a ésta la seguía el verano, con su lluvia dorada, y la última de las estaciones era el otoño, denominada la época del rosa cobrizo. Las estaciones tenían esos nombres por las tonalidades de las enredaderas de orejas de ratón que caían en cascada desde todas las ramas del Gran Árbol. Las deliciosas bayas de las enredaderas constituían la parte principal de la dieta sin carne de las aves. Con las bayas maduradas hacían té y elaboraban guisos y pasteles, hogazas de fragante pan y sopa. Las bayas secas se utilizaban para tentempiés muy nutritivos y como fuente de energía instantánea, además de como condimento para otros platos.

En aquel momento, en la época del rosa cobrizo,

era cuando las bayas estaban más maduras y más orondas para cogerlas. Durante ese período las aves del Gran Árbol olvidaban su programa habitual e incluso acortaban el tiempo de sueño diurno para poder recolectar los racimos. La instructora de Ga'Hoolología, una mochuelo excavador llamada Dewlap, supervisaba la cosecha. Durante la última semana todos habían hecho turnos bajo sus órdenes y habían cortado secciones de enredaderas como era debido.

—No lo olvidéis, jovencitos —ululó Dewlap mientras volaban con los trozos de enredaderas en sus picos—. No debéis cortar por debajo del tercer nódulo. Tenemos que dejar algo para que la planta vuelva a brotar cuando llegue la época de la lluvia plateada.

Soren y su amiga Primrose, una mochuelo chico que había sido rescatada la misma noche que Soren había llegado al Gran Árbol Ga'Hoole, volaban juntos con un tallo de enredadera entre ellos.

—Es una pelmaza. —Primrose suspiró—. ¿No es una suerte que ninguno de nosotros fuera elegido para la brigada de Ga'Hoolología?

—Sí, ya es bastante malo acudir a las clases de Dewlap. Me preocupaba mucho que pudieran asignar a Eglantine a esa brigada.

—¡Ni hablar! —repuso Primrose—. Es idónea para búsqueda y rescate, con sus excelentes facultades auditivas. Yo diría que ha nacido para formar parte de esa brigada.

Soren, por supuesto, no podía evitar pensar en su misión en la frontera entre Velo de Plata y Los Yermos, la cual, si todo salía según lo planeado, comenzaría esa misma noche una vez hubieran cortado la última enredadera.

Justo entonces empezaron a oírse unos vítores, y con los primeros acordes del arpa se elevó una canción. Era un canto solemne, el «Himno de la Cosecha», dirigido por Madame Plonk y Dewlap.

Querido árbol, te damos gracias
por tus bendiciones durante todo este tiempo.
Enredaderas repletas de dulces bayas
nos alimentan y disipan nuestros miedos.

Y en épocas de sequía veraniega,
calor ardiente o inviernos fríos,
de tu generosidad que no nos niegas
nos volvemos fuertes y atrevidos.
Déjanos cuidar siempre con diligencia
tu corteza, tus raíces, tus enredaderas y tu esencia.

Y entonces, de repente, atronó una estridente canción entonada por Bubo:

Bebed, bebed del viejo Ga'Hoole...,
¡bula, bula, bula, bul!
Vamos, compañeros, a empinar el codo...
¡hasta que acabemos todos beodos!

Cuando la canción aumentaba de volumen dirigida por la voz de Bubo, Otulissa apareció al lado de Soren y Primrose.

—Lo de Madame Plonk me parece increíble. Se está paseando con una rosa en el pico y meneando las plumas de la cola de un modo de lo más indecoroso. Y Dewlap apenas había terminado el himno cuando ese búho viejo y ordinario ha comenzado su vulgar canción. Sencillamente espantoso.

Soren pensó que si oía a Otulissa pronunciar la palabra «espantoso» una vez más la golpearía en la cabeza. Entonces sí que esa cárabo manchado vería manchas de verdad. Pero no lo hizo. En su lugar se volvió hacia ella y parpadeó.

—Respira un poco, Otulissa. Es una fiesta, por el amor de Glaux. No podemos estar cantando himnos todo el tiempo.

—Estoy de acuerdo —terció Primrose—. ¿Quién quiere que una fiesta sea muy seria? Espero oír unos cuantos chistes de cagones húmedos.

—¡No me lo puedo creer! —exclamó Otulissa, escandalizada de veras—. Ya sabes, Primrose, que los chistes de cagones húmedos están estrictamente prohibidos durante las comidas.

—Pero dicen que todos los mayores se ponen muy piripis y empiezan a inventárselos.

—Bueno, estoy segura de que Strix Struma no lo hará.

Strix Struma, una vieja cárabo manchado que enseñaba navegación, era una de las instructoras más estimadas del árbol. Era elegante. Era temible. Y era venerada, sobre todo por Otulissa, quien adoraba a la anciana. Costaba trabajo, de hecho, imaginarse a Strix Struma haciendo algo que fuera mínimamente vulgar. Otulissa se marchó volando, ofendida, hacia la entrada del Gran Hueco.

Cuando la franquearon, dos lechuzas ayudaron a separar las cortinas de musgo como habían hecho la noche en que Soren, Gylfie, Twilight y Digger habían llegado por vez primera hacía casi un año. Ahora, sin embargo, el Gran Hueco estaba engalanado con cintas de enredaderas que casi parecían resplandecer a la luz reflejada de cientos de velas. Los festejos ya habían comenzado, y las aves de Ga'Hoole se lanzaban en vuelo rasante al son de la música de la gran arpa de hierba, que descansaba en una terraza; la tocaban las serpientes nodrizas que pertenecían al gremio. Sus cuerpos rosáceos relucían mientras se entrelazaban entre las cuerdas del instrumento. Soren escrutó las cuerdas buscando a la Señora P., que era una saltadora. Sólo las serpientes más talentosas eran saltadoras, pues se les exigía saltar octavas. Por lo general, la Señora P. se movía por el sol bemol. ¡Ah, por fin la vio!

En aquel momento, Otulissa pasó ala con ala junto a Strix Struma, ejecutando una especie de vals majestuoso que todos en el Gran Árbol denominaban Glaucana. Entonces Bubo apareció dando brincos con la mismísima Madame Plonk. Meneaban las plumas de vuelo y se reían con estruendo.

—Yo diría que ya están piripis.

Gylfie llegó volando al lado de Soren. Éste se moría de ganas de decir: «Sí, y más vale que no lo estemos nosotros.» Porque ésa era la noche en la que se marcharían furtivamente para dar con la herrera ermitaña, pero no antes de que todos los demás estuvieran borrachos. Sus cuencos de nueces Ga'Hoole contenían vino de oreja de ratón o incluso aguamiel de bayas, una bebida todavía más fuerte. Soren no podía decir eso delante de Primrose porque a ella no la habían incluido en la aventura. Y debía ser prudente también en presencia de Martin y Ruby. Al final, la banda había decidido que sólo irían los miembros iniciales, además de Eglantine; únicamente ellos partirían en misión hacia Velo de Plata. No obstante, Soren albergaba serias dudas sobre lo acertado de llevar a su hermana.

El plan para escapar era bastante sencillo. En un momento dado, bien entrada la noche, el baile tendría lugar en el exterior, entre las ramas del Gran Árbol. Entonces resultaría más fácil escabullirse. Tenían previsto marcharse, si era posible, uno a uno y reunirse en los acantilados de la otra punta de la isla. Las aves de Ga'Hoole muy raras veces se dirigían a esa parte de la isla, por cuanto alargaba los viajes a través del mar de Hoolemere. Pero esa noche el viento era suave y favorable, de modo que no demoraría mucho su travesía.

Sin embargo, la velada parecía prolongarse indefinidamente. Los adultos se iban poniendo piripis, pero ¿se trasladaría el baile alguna vez al exterior? Otulissa se había acercado a Soren para pedirle que bailara con ella. A él ni siquiera le gustaba bailar. Se sentía torpe y estúpido. No se parecía en nada a volar, aunque también se hacía en el aire. Ahora Otulissa se había autoasignado la tarea de instruirlo en un ridículo baile llamado Glauc-glauc.

—Mira, Soren, no es tan difícil. Es uno, dos, glauc-glauc-glauc. Luego hacia atrás uno, dos, glauc-glauc-glauc.

Otulissa pestañeaba y sacudía las plumas de la cola. Glaux bendito, ¿estaba coqueteando con él? De repente se le ocurrió una idea. Si ella coqueteaba con él, tal vez podría sacar buen partido de ello.

—¿Sabes, Otulissa?, creo que lo haría mejor si saliéramos afuera.

—¡Oh, buena idea!

Ahora, con un poco de suerte, los demás lo seguirían.

Twilight bailaba el Glauc-glauc con una cárabo lapón, y Soren le llamó la atención. Twilight, siempre ágil para la acción, condujo a su pareja afuera, siguiendo a Soren.

Otros empezaron a salir del Gran Hueco y a abrirse paso por entre las ramas ejecutando el baile del Glauc-glauc. Llegó Eglantine con un cárabo manchado. «¡Perfecto!», pensó Soren. Sabía que Otulissa estaba enamorada del ave que Eglantine tenía ahora como pareja de baile. Procedía de un linaje tan antiguo y distinguido como el de Otulissa. Soren consiguió desplazarse sin dejar de bailar por el aire y a través de unas ramas hasta la posición que el cárabo manchado y Eglantine ocupaban.

—¿Puedo interrumpir y bailar con mi propia hermana?

Cuando Otulissa vio con quién iba a hacer pareja, estuvo en un tris de perder el sentido y caer.

Soren condujo a Eglantine hacia Gylfie y Digger, que bailaban juntos. Este último se movía con mucha gracia para ser tan buen andarín, como lo eran todos los mochuelos excavadores. Combinaba sus pasos con maniobras de vuelo de una forma magistral.

—Mira esto, Soren. Bailo el Glauc-glauc al compás de cuatro por cuatro. Es increíble. Es como un Glauc-glauc cuadrado. ¿Lista, Gylfie?

—¡Lista, Diggy!

¡Diggy! Aquello era demasiado. ¿Acaso habían bebido todos?

—¡Escuchad! —dijo Soren con aspereza—. Creo que pronto será el momento de irnos. Todo el mundo está bastante piripi, a juzgar por las apariencias.

—¡Ya lo creo! —repuso Twilight, y echó a volar

hacia ellos sin su pareja—. Madame Plonk se ha desmayado.

—¿Desmayado? —exclamaron los demás con voz entrecortada.

—Oh, tengo que verlo —dijo Gylfie.

Y antes de que Soren pudiera detenerla, los demás la habían seguido.

En efecto, nada más entrar en el Gran Hueco, vieron que en un nicho de una de las galerías había un enorme montón de plumas blancas. Octavia, que servía como serpiente nodriza a Madame Plonk y Ezylryb, se arrastraba por la galería hacia ella, murmurando que Madame no aguantaba el vino de bayas y siempre ocurría lo mismo. Pero en ese mismo momento se oyó un estruendo seguido de un «¡Aaah!» que provenía del exterior.

—¡El cometa! —gritó alguien.

Y su luz roja pareció brillar por un instante y derramarse en el interior del hueco, proyectando un intenso fulgor sobre todas las cosas. Las plumas de Madame Plonk se tornaron rojas y, justo entonces, Octavia, que estaba atendiendo a su ama, volvió la cabeza hacia Soren. Dio la impresión de que la vieja serpiente ciega miraba a través de él.

«¿Lo sabe? ¿Sabe lo que planeamos y que podría guardar relación con Ezylryb?» Soren sintió un escalofrío.

—Muy bien, es la hora —susurró a los demás—. Yo

saldré primero; luego, Eglantine; después, Gylfie; a continuación, Digger, y finalmente, Twilight. ¡Nos veremos en los acantilados!

Dicho esto, Soren se escabulló del Gran Hueco, pero durante todo el tiempo hasta que se abrieron las cortinas de musgo notó la mirada ciega de Octavia fija en él. Fuera, la noche parecía teñida de rojo. La luna, todavía en fase de luna nueva, no era más que una tajada asomando sobre el horizonte. A la luz del cometa asemejaba una garra de combate empapada en sangre.

CAPÍTULO 8

Una noche manchada de rojo

Dónde está Eglantine? —preguntó Soren, preocupado—. Debería haber salido justo después de mí. —Todos los demás amigos habían llegado al acantilado; sólo faltaba Eglantine—. ¿Creéis que se ha asustado?

—Tal vez la han sorprendido —sugirió Gylfie.

—Ay, Glaux…, espero que no.

Soren suspiró. Se preguntó cuánto tiempo deberían esperar.

—¡Oigo algo! —dijo Digger de repente.

Las aves rapaces nocturnas volaban de un modo extraordinariamente silencioso, todas excepto determinadas especies como los mochuelos chicos y duendes, que carecían de los flecos suaves, llamados plumas cobijas, en el extremo anterior de sus plumas de vuelo. Los aleteos que Digger oía eran el sonido inconfundible de Primrose. Soren lo supo al instante, porque había volado detrás de ella muchas veces en clase de navegación. ¿Qué demonios hacía Primrose allí?

Eglantine, junto con Primrose, bajó hacia el acantilado y se posó al lado de Soren.

—Ya sé lo que vas a decir, Soren —soltó sin resuello.

Pero él lo dijo de todos modos:

—Primrose, ¿qué haces aquí?

La joven mochuelo bajó tímidamente la mirada hacia sus garras.

—Quería venir, Soren. Tú me ayudaste cuando llegué al Gran Árbol. Te quedaste conmigo durante toda esa primera noche, cuando acababa de perder a mis padres, mi hueco, mi árbol y los huevos.

Los padres de Primrose habían ido a prestar ayuda en unas escaramuzas que se habían producido en las tierras fronterizas. Creyeron que ella y los huevos estarían a salvo, pero durante su ausencia se había declarado un incendio forestal. A Primrose la había rescatado una patrulla de Ga'Hoole, pero no había vuelto a ver a sus padres. La verdad, sin embargo, era que Primrose procedía de Velo de Plata, y Soren presintió que quería regresar para ver si podía encontrar a sus padres. Aquello podía distraerlos de su misión.

—Primrose.

Soren fijó el brillo de sus ojos oscuros en su joven amiga.

—Sé lo que vas a decir, Soren.

Todo el mundo parecía saber lo que iba a decir, pensó Soren. Así pues, ¿para qué molestarse en decirlo?

—No voy a buscar a mis padres. Están muertos. Lo sé.

—¿Cómo lo sabes? —inquirió Gylfie.

—¿Os acordáis de la noche después de la visita de Mags la comerciante el pasado verano?

Soren jamás olvidaría aquella noche, por cuanto fue la primera en la que Eglantine había vuelto a ser ella misma después de su rescate. Era una preciosa noche de verano y entonces, como para celebrar el regreso de su hermana, el cielo se llenó de colores..., colores como él no había visto nunca. Fue la noche de la Aurora Glaucora, y todas las aves de Ga'Hoole habían entrado y salido volando de los colores que brillaban y vibraban en el cielo.

—Claro que la recuerdo.

Fue una noche memorable por varias razones, una de las menos alegres fue que justo entonces se confirmó que Ezylryb había desaparecido. Pero, en el éxtasis de los cambiantes colores del cielo, Soren había conseguido no pensar en su maestro preferido.

—Bueno, pues yo también la recuerdo, porque ésa fue la noche que vi los espectros de mis padres —reveló Primrose.

—¿Qué?

Todos se sobresaltaron.

—¿Viste los espectros de tus padres? —preguntó Gylfie con cierto pesar en su voz.

Porque, aunque sabía que Soren había vuelto muy entristecido por su encuentro con los espectros de sus padres, había algo en el interior de Gylfie, como había ocurrido con Eglantine, que anhelaba un último vislumbre.

—Sí —contestó Primrose—. Los vi esa noche mientras volábamos a través de los colores de la Aurora Glaucora.

—¿Tenían asuntos pendientes de resolver aquí, en la tierra? —inquirió Soren, y se preguntó cuántos asuntos pendientes para los espectros podrían resolver en una sola misión.

—En realidad no. —Primrose hizo una pausa—. Bueno, supongo que podría decirse que yo era la última parte que les quedaba por resolver. Querían que supiera que, durante el incendio forestal, les constaba que yo había hecho todo lo posible por salvar los huevos. Dijeron que no había nada que perdonar. Estaban orgullosos de mí. Ése era su asunto pendiente: hacerme saber que se sentían orgullosos de mí. —Se hizo un profundo silencio en la noche cuando Primrose empezó a explicarse—. ¿Sabes, Soren?, mi encuentro no se pareció en nada al tuyo. En realidad no llegué a hablar con mis padres en ese extraño lenguaje sin palabras que describiste a Eglantine.

Soren miró severamente a su hermana. «¿Por qué le ha contado todo esto a Primrose?»

—Fue muy distinto.

—¿Cómo? —quiso saber Soren, verdaderamente perplejo.

—¿Sabes?, mis padres estaban en glaumora.

—¿Qué? —exclamó Soren, incrédulo—. ¿Cómo sabes eso?

—Los vi allí. Ellos me veían. Estaban contentos. Sabían que había hecho todo lo posible por unos huevos que no llegaron a abrirse. No estaban enfadados. Sabían que me encontraba en un buen sitio. Un lugar en el que nunca habían creído demasiado; pero ahora saben que es real. Y, de repente, me sentí muy feliz. Era como un torrente de felicidad y de paz fluyendo entre nosotros ahí fuera, en la Aurora Glaucora.

La voz de Primrose era apenas un susurro.

—Un torrente de felicidad —repitió Soren con voz queda.

Nada sobre Pico de Metal..., ni una sola palabra, sólo felicidad. Trató de imaginarse a sus padres y un torrente de felicidad fluyendo entre ellos y él y Eglantine. Entonces se sacudió de encima su ensimismamiento. Lo que tenía que decir a continuación iba a resultar muy difícil. Debía negarse a contar con Primrose y Eglantine en aquella misión.

—Primrose, llegará un momento en el que os necesitaremos a ti y a Eglantine.

Se calló.

—¿Qué? —Eglantine estaba estupefacta—. ¿No vas a llevarme? Me lo prometiste —gimió.

—Eglantine, no estás preparada. Lo has demostrado esta noche chismorreando lo que te había explicado a Primrose. —Giró la cabeza hacia la joven mochuelo chico—. Primrose, no cabe duda de que estás preparada, pero habíamos decidido que cuantos menos participáramos en esta misión, mejor. Si sólo vamos nosotros, tendremos menos posibilidades de que nos echen en falta.

—Entiendo, Soren. No te disculpes.

—Pero ¿y yo? —gimió de nuevo Eglantine—. Soy tu hermana.

—Sí, y algún día serás más fuerte, tendrás mayor fuerza en las alas y en la molleja. Y te necesitaremos, y entonces contaremos contigo.

Las alas de Eglantine cayeron inertes a ambos lados. Sus ojos negros parecían inundados de la luz reflejada de las estrellas.

—Ahora debemos prepararnos para partir —anunció Soren.

—Buena suerte —dijo Primrose con voz alta y clara—. Tened cuidado.

—Sí, ten cuidado, Soren —añadió Eglantine quedamente.

—No te enfades, Eglantine. Una promesa es una promesa. Cuando estés lista, los dos lo sabremos.

—Nunca podría enfadarme contigo, Soren. Nunca.

—Lo sé —repuso él en voz baja.

Soren miró hacia el sur. La cola del cometa aún era

visible, pero formaba en el cielo una luz extraña que podía llevar a engaño. Haría que Twilight, cuya visión en condiciones difíciles como ésas era célebre, volara a la cabeza del grupo.

—¡Listos para el despegue! Twilight, vuela en la punta de la formación. Gylfie, en el lado de babor. Yo iré a estribor. Digger, tú hazlo en la cola.

Levantaron el vuelo hacia la noche de extraños colores. ¿Por qué estaba manchada de rojo? Cuando habían visto el cometa por vez primera hacía unas semanas, se había presentado rojo porque era el amanecer y el sol empezaba a salir, pero ahora era de noche y no había sol naciente. Soren sintió escalofríos sólo de pensarlo, y cuanto más lo hacía, más se volvía el cielo no sólo de color orín, sino también de color sangre. Y había otro fenómeno curioso. La brisa soplaba en contra y debería frenarlos, pero en realidad era lo contrario. Parecía como si el cometa hubiera abierto un canal, creado un vacío a través del cual pasaban fácilmente. Era como si algo tirase de ellos. Supuestamente él era el jefe de la banda. Pero ¿adónde los conducía, y hacia dónde estaban siendo atraídos? De repente, Soren pensó que aquella noche no auguraba nada bueno. Experimentó una sensación fría y temblorosa en el fondo de su molleja.

CAPÍTULO 9

La herrera ermitaña de Velo de Plata

El día despuntaba. Aparentemente llevaban horas sobrevolando Velo de Plata, escudriñando el paisaje en busca de algún indicio de humo. Era precisamente el humo lo que los había conducido, muchos meses atrás, hasta la cueva del cárabo de franjas moribundo.

—¿Creéis que lograremos dar con él? —gritó Soren desde su posición a estribor.

—Con ella —lo corrigió Gylfie—. Es una hembra.

—Oh, lo siento, no consigo hacerme a la idea de un herrero hembra.

—Bueno, pues ve acostumbrándote —repuso Gylfie con cierta irritación.

—Cambiad de posición —ordenó Soren—. Busquemos un sitio para descansar. Los cuervos no tardarán en aparecer, y no queremos que nos ataquen.

En cierta ocasión Soren, Gylfie, Twilight y Digger habían sufrido el ataque de una bandada de cuervos cuando se dirigían hacia el Gran Árbol Ga'Hoole. No era una experiencia que desearan repetir. Digger había resultado gravemente herido. Las aves rapaces nocturnas que vuelan durante el día no están exentas de peligros, exceptuando quizá sobre el agua. Los cuervos disponen de un sistema para alertar a sus congéneres de la presencia de víctimas y pueden lanzarse en tropel sobre ellas, a menudo arrancándoles los ojos a picotazos, hiriéndolas desde abajo e inutilizando sus alas. Por la noche ocurre todo lo contrario. Entonces son las aves rapaces nocturnas las que pueden atacar a los cuervos. Cuando Soren se disponía a ocupar la posición de la punta de la formación, Twilight avistó un enorme abeto ideal para pasar el día durmiendo.

—¡Abeto abajo!

Soren sintió una pequeña contracción en la molleja. Era un abeto muy semejante a aquel en el que él y Eglantine habían nacido y pasado los primeros días de la infancia con sus padres. Había numerosas ceremonias, ritos de paso, que marcaban el desarrollo de un polluelo. Y debido al secuestro de Soren y a lo que habría podido suceder a Eglantine cuando se había caído del nido, quizá también empujada por Kludd, ambos jóvenes se habían perdido muchos de ellos. Siempre que Soren lo mencionaba en presencia de los demás, todos se mostraban muy compasivos, exceptuando a Twilight. Éste se había quedado huérfano a una edad tan temprana que no conservaba recuerdos del nido, y hasta se jactaba de haberse saltado esas patochadas, como él las llamaba. Twilight, que no destacaba por su modestia precisamente, presumía de haberlo aprendido todo por su cuenta en lo que denominaba el orfanato del duro aprendizaje, lo cual resultaba una lata para los demás, la verdad.

La fragancia de las agujas de abeto inundó a Soren de una profunda nostalgia. Añoraba a sus padres, no sus espectros, sino sus padres verdaderos y vivos.

Pero Soren no podía dejarse dominar por esos sentimientos.

—Antes de echar una cabezada, debemos hacer planes. —Soren siempre creía que la acción constituía el mejor remedio para la tristeza—. He estado pensando que, cuando lo encontramos, el cárabo de franjas no estaba sólo en una frontera, sino en realidad en un punto en el que se tocaban los límites de cuatro reinos: Kuneer, Ambala, Los Picos y Tyto.

—Un punto de convergencia —precisó Gylfie.

—Sí, creo que deberíamos buscar ese punto de convergencia. Gylfie, tú eres la navegadora. Has estudiado el mapa. ¿Hacia dónde deberíamos dirigirnos?

—Bueno, para dar con la convergencia debemos dirigirnos hacia el punto donde se encuentran Velo de Plata, el bosque de las Sombras y Los Yermos —explicó Gylfie—. Esta noche, cuando salga la constelación del Gran Glaux, tendremos que volar dos grados desde su ala occidental, justo entre ella y la garra del Pequeño Mapache.

—Muy bien, ahora descansad todos. Partiremos con la primera oscuridad —dijo Soren.

Tres horas después de la primera oscuridad todavía no habían visto nada, y eso que llevaban dos en la zona de convergencia. Soren se dijo que no podía desanimarse. Era el jefe de la banda. Si los demás notaban que estaba desalentado, también ellos empezarían a perder el ánimo. No podían fracasar. Había demasiado en juego.

Digger llegó volando hasta Soren.

—Permiso para vigilancia de bajo nivel, Soren.

—¿Para qué?

—Para rastrear, Soren. Estoy acostumbrado a volar bajo para encontrar aves abatidas y cualquier otra cosa en el suelo. Fíjate en mí. Los mochuelos excavadores como yo nos confundimos con todo, desde arena del desierto hasta hojas caídas en otoño. Y sé volar despacio, con ruido pero despacio. Y además... —Hizo una pausa—. ¡Puedo caminar!

—Muy bien, pero te espero de vuelta antes de un cuarto de hora.

—Sí, capitán.

«¡Capitán!» Estuvo a punto de gritar: «¡No me llames capitán! ¡Sólo se puede llamar capitán a Ezylryb!»

Soren observó cómo Digger descendía en picado.

Cuando se acercó al suelo, Digger emprendió un detenido reconocimiento, primero en busca de cuevas o brasas esparcidas que pudieran indicar la presencia de un herrero ermitaño. Al no encontrar cuevas, se preguntó si cabía la posibilidad de que un herrero encendiera una hoguera en un claro. Tal vez. Luego, por supuesto, estaba el hecho de que esa herrera era un búho nival. Completamente blanca por tanto. Sin duda sería visible en una noche como ésa. Con la luna muy lejos del plenilunio y todavía en fase de luna nueva, la noche era muy oscura. Perfecta para distinguir el blanco.

El cuarto de hora se estaba agotando. Digger se volvió más resuelto que nunca, más concienzudo en su búsqueda. Girando la cabeza como le habían enseñado a hacer en rastreo, fue esquivando arbustos, troncos de árbol, rocas y otros obstáculos en el suelo justo a tiempo. Los percibía casi en el momento de llegar hasta ellos. Pero no había percibido el enorme bulto negro que tenía enfrente. Sin ser una piedra, un matorral ni un tronco, el bulto cobró vida de repente.

—¡Mira por dónde vas, idiota!

A Digger se le paralizó la molleja.

—¡Excrepaches!

El bulto volvió a gritar. Digger notó algo blando y luego se produjo una pequeña avalancha de partículas negras como el hollín. Se cayó de bruces y la asfixiante nube pareció seguirlo. Bajaron rodando por una pequeña pendiente.

—¡Glaux todopoderoso! ¡Eres un idiota descerebrado! —Resonó una feroz diatriba. Digger no había oído nunca semejante sarta de palabrotas. Los insultos más soeces caldearon el aire nocturno y llovieron sobre sus oídos. Bubo no estaría a la altura—. ¡Glaux pestilente!, debí de haberlo supuesto: un mochuelo excavador, muy probablemente, con una pequeña madriguera donde deberías tener el cerebro. ¿Qué ha ocurrido? ¿Te has caído del cielo?

—¡Excrepaches, te ruego que me perdones, maldito cagón húmedo!

Digger se irguió en toda su estatura. Se sorprendió de sus propias palabrotas.

—¿Cagón húmedo? Yo te enseñaré.

«Esto no funciona», pensó Digger de repente. No podía quedarse allí intercambiando insultos con aquella cosa negra como el hollín.

—Hagamos una tregua —dijo. La criatura se detuvo y permaneció inmóvil—. ¿Quién eres? ¿Qué eres? —inquirió Digger.

—Un pájaro, estúpido del demonio.

—¿Un pájaro?

—Un búho. Nival, para más señas.

—¿Nival? —Digger dio un respingo y estuvo a punto de reírse en voz alta—. Eres el búho nival más negro que he visto jamás.

—¿Qué esperabas? ¡Soy un herrero, idiota!

Aquello sonó como música en los oídos de Digger.

—Un herrero —dijo, con un tono de respeto y alivio en su voz—. ¿La herrera ermitaña de Velo de Plata? —preguntó bajito.

—¿Qué te ha traído hasta aquí? ¿Quieres garras de combate? Raras veces las hago para mochuelos excavadores. Vuelan fatal. Es un desperdicio.

Digger se tragó su indignación ante esa ofensa.

—No, no, Bubo nos habló de usted.

—¡Bubo! —exclamó la búho nival de repente—. ¿Eres de Ga'Hoole? ¿Bubo te mandó venir?

—No exactamente.

—¿Qué significa eso?

La herrera entornó los ojos hasta que se convirtieron en dos hendiduras amarillas.

—Esto..., es mejor que vaya a buscar a mis amigos —balbuceó Digger, y se apresuró a levantar el vuelo.

CAPÍTULO 10

La historia de la herrera ermitaña

S oren parpadeó cuando él y sus tres compañeros se posaron. Digger no había bromeado al decir que ése era el búho nival más negro que había visto nunca.

—¿Qué os ha traído hasta aquí, jovencitos? Supongo que no habéis venido en visita sancionada.

Gylfie era la única que conocía el significado de la palabra «sancionada». De modo que respondió:

—No, no es una visita oficial. En realidad...

La hembra de búho nival le leyó el pensamiento.

—Os habéis escabullido, ¿verdad? Una pequeña travesura, supongo. Sueños de gloria, ¿no?

Soren ahuecó las plumas en un gesto de enojo.

—No es ninguna travesura. Es una misión, y no soñamos con la gloria. Ansiamos la paz, porque nos han advertido.

—¿De qué os han advertido? —preguntó la herrera con un ligero tono de desdén.

«¡Esta señora me saca de quicio!» Soren cogió aire.

—De Pico de Metal.

La búho nival se estremeció, y pequeñas partículas de hollín se desprendieron de sus plumas.

—¿Por qué os metéis con ese tipo? No está por estos andurriales. Y os informo de que no le vendo. ¡Ni hablar! Y eso que no venderle entraña su riesgo.

—¿Qué sabe sobre él? —inquirió Gylfie.

—Muy poco. Me mantengo alejada de ese pájaro y su banda. Y os aconsejo que hagáis lo mismo.

—¿Banda? —dijo Soren.

—Sí, banda. No sabéis cuántos.

—¿Pertenece a San Aegolius? —preguntó Gylfie.

—Ojalá —contestó la búho nival.

Al oír esa palabra, Soren, Twilight, Gylfie y Digger se quedaron paralizados de terror. Porque, de hecho, ésa era la misma palabra que el cárabo de franjas moribundo había pronunciado, su última palabra cuando Gylfie le preguntó si fueron las patrullas de San Aegolius las que lo habían herido de muerte. Para los cuatro, imaginarse algo peor que San Aegolius era aterrador. Ahora, no obstante, parecía que el «ojalá» podía guardar relación con Pico de Metal. Y no había sólo uno, sino posiblemente muchos.

—¿Se enteró del asesinato del cárabo de franjas de Los Picos? —indagó Twilight.

—Oí algo acerca de ello. No suelo meterme donde no me llaman. No es mi estilo.

Soren recordó que Bubo había dicho que los herreros ermitaños nunca dependían de ningún reino.

—¿Dónde está su fragua? —preguntó Gylfie, mirando alrededor.

—Aquí no.

«Ésta es una rapaz muy dura —pensó Soren—. Casi parece que no esté acostumbrada a hablar.» Pero Digger había dicho que la herrera maldecía como nadie. Empleaba palabras que nunca había oído usar ni siquiera a Bubo. Eso sí que era extraordinario: un ave capaz de blasfemar más que Bubo. Aunque aquella búho nival tan sucia no había hablado demasiado, algo sonaba curiosamente familiar en su tono. Sin embargo, Soren no podía identificarlo.

—Bueno, ¿me permite el atrevimiento de preguntar dónde está su fragua? —insistió Gylfie.

«¡Bien dicho, Gylfie!» Soren pensó que ésa era una de las ventajas de ser pequeño. Nadie esperaba nunca que fuese atrevido o agresivo.

—¡Más allá!

La herrera giró la cabeza e indicó algún lugar situado tras ella.

—¿Podríamos verla?

Gylfie dio un pasito adelante. La búho nival se irguió, bajó la mirada hacia la mochuelo duende y parpadeó.

—¿Por qué?

—Porque nos interesa. No hemos visto nunca la fragua de un herrero ermitaño.

La hembra de búho nival guardó silencio mientras parecía considerar si ésa era una buena razón.

—No es sofisticada como la de Bubo.

—Eso no importa —replicó Twilight—. ¿Parecemos nosotros sofisticados?

Twilight se hinchó. Las curvas invertidas de plumas blancas que le salían de la frente enmarcaron sus ojos y su pico, y al hacerlo tornaron su expresión todavía más feroz. Parecía cualquier cosa excepto sofisticado.

La herrera se volvió hacia Gylfie.

—Eres muy pequeña para andar por ahí con esta panda de gamberros.

—No somos gamberros, señora —repuso Gylfie.

—¿Por qué me has llamado así?

La herrera miró a Gylfie con ira, pero ésta aguantó el tipo con firmeza y sostuvo su centelleante mirada amarilla.

«Oh, oh —pensó Soren—. A este pájaro no le gusta que lo llamen "señora".» Recordó que Bubo había dicho que los herreros ermitaños eran solitarios. ¿Cómo lo había expresado? «Les gusta vivir en libertad.» El hecho de que los llamaran «señora» —o «señor», si se trataba de un macho— les aguijoneaba la molleja.

—No somos gamberros. Somos una banda. Soren,

aquí presente, es como un hermano para mí. Nos escapamos juntos de San Aegolius. Al poco de huir nos topamos con Twilight y Digger. Pronto celebraremos la ceremonia de Guardián y llegaremos a ser verdaderos Guardianes de Ga'Hoole. —Gylfie se volvió y movió un ala hacia sus tres amigos, que parecían casi hechizados por sus palabras—. Y la he llamado «señora» porque debajo de toda esa capa de hollín sé que es usted una hermosa búho nival. Tan hermosa como el búho nival hembra más bello del Gran Árbol, Madame Plonk.

Al oír esas palabras, la herrera pareció atragantarse y sus ojos empezaron a llenarse de lágrimas. «¡Eso es!» Era ésa a quien la herrera recordaba a Soren. El tono de su voz era el mismo sonido melodioso, el mismo *pling* que oía en la voz de Madame Plonk todas las noches cuando cantaba «La noche ha pasado».

—¿Cómo has adivinado que soy hermana de Brunwella?

—¿Se refiere a Madame Plonk? ¿Es así como se llama? —preguntó Soren.

—Sí. Vamos, seguidme a la fragua, jovencitos. Os contaré la historia. Tengo ratones de campo recién muertos. Pero os advierto que aquí no los aso como hacéis vosotros en el Gran Árbol.

—No se preocupe —dijo Soren—. Yo vuelo en las brigadas del tiempo y del carbón con Ezylryb..., bueno, volaba, y siempre tenemos que comer la carne cruda.

111

—Oh, sí. Me enteré de lo de Ezylryb. ¿Aún no se sabe nada de él?

—No —contestó Soren con tristeza mientras cubrían volando la corta distancia hasta la fragua.

—El bueno del viejo Ezylryb. Regresamos, camino de vuelta.

Soren se preguntó a qué se refería aquella búho nival con esas palabras. Bueno, quizá no tardarían en averiguarlo.

—¿Qué es esto? —preguntó Digger cuando la banda se posó en las ruinas de piedra.

Había dos muros y medio de piedras antiguas, cuidadosamente apiladas unas encima de otras. Viejas enredaderas trepaban por ellas, y en el centro se hallaba la oquedad donde la herrera tenía su fragua. De uno de los muros colgaban un juego nuevo de garras de combate y un yelmo. Soren pudo apreciar que el trabajo era excelente, tanto como el de Bubo.

—Antes era un jardín amurallado. Por lo menos, eso creo. Tal vez parte de un castillo.

—¿Los Otros? —inquirió Soren.

—Oh, ya sabes acerca de los Otros, ¿verdad? —repuso la herrera.

—Sólo un poco, por los libros de la biblioteca cuando leía sobre castillos, iglesias y graneros. Puesto que soy una lechuza común, me interesaba. Sólo sé que eran criaturas de hace muchísimo tiempo, y no eran lechuzas, ni pájaros, ni se parecían a ningún otro animal que hayamos visto.

—Eso desde luego. ¿Sabías que no sólo carecían de alas y plumas, sino que además tenían dos varas largas como patas que no servían más que para caminar?

—¿Nada más? —exclamó Digger. Aquel tema, naturalmente, le interesaba, siendo un mochuelo excavador que caminaba tan bien como volaba. Pero, sin duda, prefería poder escoger entre ambas cosas—. ¿Cómo se las arreglaban?

—No muy bien, según parece. Ahora han desaparecido. Además de no tener plumas, tampoco tenían pelo.

—Bueno, no es de extrañar que no duraran —silbó Twilight.

—Piedras, tenían piedras —dijo la búho nival.

—¿Piedras? ¿Qué se puede hacer con una piedra? —murmuró Twilight.

—Muchas cosas —contestó la herrera—. Con ellas construían castillos, jardines amurallados...

—¿Para qué querría alguien amurallar un jardín? —interrogó Digger, pensando en los hermosos jardines que había alrededor del Gran Árbol Ga'Hoole y que parecían empalmar ininterrumpidamente con los helechos y las flores silvestres del bosque.

—Qué sé yo —repuso la búho nival.

La herrera había empezado a disponer algunos ratones de campo recién cazados y un par de ardillas listadas.

Rio para sí como si hubiera encontrado algo sumamente divertido, y una fina nube de hollín le roció la cara.

—De modo que os cuesta trabajo creer que soy hermana de la famosa Madame Plonk, ¿eh?

—Para decirlo con suavidad —respondió Gylfie.

—Es una buenaza, pero muy distinta a mí. Mi hermana y yo nacimos en el corazón de los Reinos del Norte, mucho más allá del estrecho de Hielo, en la costa este del mar del Invierno Eterno. Hay quien dice que es allí donde se originaron los búhos nivales. Pero también había otros allí. Tu maestro Ezylryb era de una isla próxima a donde yo nací. Y es un autillo bigotudo. De todos modos, hubo siempre muchos combates en aquellos pagos. Guerra de clanes. Los guerreros más feroces procedían de la región del mar del Invierno Eterno. Mi padre y mi madre fueron dos de ellos. Pero, a pesar de sus costumbres guerreras, mis padres eran artistas, y durante generaciones el linaje de los cantantes Plonk tuvo gran renombre. Durante miles de años en cada comunidad, en cada reino, ha habido un cantante Plonk. Pero el cantante del Gran Árbol Ga'Hoole es un puesto hereditario y se concede a un solo búho nival de cada generación, el que se considera el mejor. Bueno, ésa fue mi hermana, Brunwella. Yo habría podido aceptarlo; sin embargo, no podía vivir con mi madrastra.

»Después de que mi mamá muriera en la batalla de las Garras de Hielo (el último combate de la guerra de las Garras de Hielo), mi papá encontró otra pareja, una vieja y horrible hembra de búho nival. Me trataba como si fuera una caca de gaviota. Y, naturalmente, mimaba a mi hermana porque iba a ser la cantante del Gran Árbol. Tenía que marcharme. Hasta Brunwella se daba cuenta de que me resultaba imposible seguir en el hueco. Mi padre, en cambio, estaba loco por esa hembra. Ella no podía equivocarse. Yo no sabía adónde ir. Por alguna razón, presentí que era importante para mí no sólo alejarme lo más posible de mi familia, sino también emprender un plan de acción totalmente nuevo. No tenía mala voz. No era tan buena como la de la mayoría de los Plonk, lo cual, desde luego, significaba que era mucho mejor que la de cualquier otro. Pero no quería tener nada que ver con eso. Y no era tan hermosa como mi hermana. Yo era propensa a la decoloración del plumaje, que me producía unas feas manchas allí donde me caían las plumas. De hecho, mi madrastra solía llamarme «Mancha».

—¡Qué cruel! —exclamó Gylfie—. ¿Cuál es su verdadero nombre?

«¿Lo dirá?», pensó Soren. La miró atentamente.

—¿Mi nombre auténtico?

—Sí —contestó Gylfie con una voz apenas audible.

Era como si presintiera que se había adentrado en territorio prohibido.

—Eso es un secreto que sólo a mí me pertenece.

«Pero ¿y su hermana? —pensó Soren—. ¿Ella no sabe su verdadero nombre? ¿Y cuál es la diferencia entre un verdadero nombre y un nombre auténtico? ¿Existe alguna diferencia?»

—Así pues, como iba diciendo, andaba buscando algo nuevo y distinto. En verdad quería separarme de los Plonk. Mi hermana había sido buena conmigo, pero a mi padre yo parecía traerle sin cuidado. En realidad, no tenía a nadie a quien acudir. De modo que me marché. Deambulé por los Reinos del Norte durante un año o más, y entonces me topé con Octavia. Conocéis a Octavia, ¿verdad?

—¡Claro! —exclamaron todos.

—Es la serpiente nodriza de Ezylryb y de su hermana —dijo Soren.

—Oh, de modo que ahora trabaja para mi hermana, ¿eh? Bueno, es un alma bendita. Yo, por supuesto, la conocí antes de que fuera ciega.

Los cuatro amigos dieron un respingo, incrédulos.

—¿Quiere usted decir —preguntó Gylfie— que no es ciega de nacimiento?

—Había oído el rumor de que no había nacido ciega, pero en realidad no lo creí. Pensaba que todas las serpientes nodrizas nacían sin vista —explicó Soren.

—Así es... exceptuando a Octavia. ¿No habéis observado que no tiene las escamas rosáceas como las demás?

Soren se había extrañado de que las escamas de Octavia fuesen de color azul verdoso pálido.

—Pero ésa es otra historia. Fue Octavia quien me habló de un herrero ermitaño en la isla del Ave Oscura, un lugar desolado que es azotado sin cesar por tempestades de hielo y vendavales, pedregoso, sin un árbol ni una brizna de hierba. No obstante, en teoría ese herrero era uno de los mejores sobre la faz de la tierra. De modo que fui allí. Quería aprender a hacer garras de combate. Quería vengar la muerte de mi madre. Soñaba con fabricar garras de combate que hicieran pedazos el clan que había asesinado a mi mamá. Tenía el fuego en mi molleja, como dicen. Había nacido para ser herrera, más que para cantar, os lo aseguro. —Suspiró y por un momento pareció reflexionar alegremente—. Y maté a mi madrastra con unas garras magníficas que hice.

—¿Mató a su madrastra? —Twilight se había hinchado de emoción. Comoquiera que no había llegado a conocer a sus padres, no albergaba ideas románticas en general sobre ellos, y una madrastra perversa le hacía hervir la molleja. Entonces el cárabo lapón se miró las patas en lo que a Soren se le antojó una demostración de timidez patética, porque Twilight era cualquier cosa excepto tímido—. No quiero que piense que soy un pájaro violento.

—¡Ja! —Sus tres amigos se rieron.

—¡No lo soy! —aseveró Twilight obstinadamente a la vez que miraba parpadeando a sus compañeros.

Sin embargo, todos ellos se dieron cuenta de que el cárabo lapón apenas podía contenerse.

—Pero ¿cómo lo hizo? ¿Un veloz tajo en la garganta? ¿Cómo? ¿Garra a garra? ¿Un picotazo en el plumón de las partes bajas?

—No me importa cómo —lo interrumpió Soren—, sino por qué. Quiero decir..., sé que era mala, pero ¿tanto?

—Traicionó a mi padre. Resultó ser una confidente del otro clan. Había planeado casarse con él desde el principio... tan pronto como se deshicieran de mamá.

—¿Cómo se enteró de eso? —preguntó Digger.

—Tenía mis métodos. Trabajando para un maestro herrero ermitaño una averigua muchas cosas. Toda clase de cosas, por cierto.

Digger observó detenidamente a la hembra de búho nival cubierta de hollín.

—¿Octavia tuvo algo que ver con eso? ¿O acaso...?

Pero la herrera no le dejó terminar.

«Ha cortado a Digger demasiado pronto», observó Soren. Entonces la herrera ermitaña de Velo de Plata no dijo ni pío. Oh, se mostró muy hospitalaria, cediéndoles los mejores trozos de los ratones de campo y cerciorándose de que disponían de perchas confortables para pasar el día.

Soren tenía una pregunta más para ella, pero algo le impedía formularla. Se preguntaba, sin embargo, si la herrera ermitaña de Velo de Plata creía que Pico de

Metal podría tener algo que ver con la desaparición de Ezylryb. Soren luchó con este interrogante durante todo su sueño diurno y finalmente, justo antes de la primera oscuridad, cuando vio que la búho nival se movía, decidió que tenía que preguntar.

Voló hasta donde la herrera estaba sacando carbón de un nicho en la pared para encender el fuego de su fragua.

—Sabía que vendrías a preguntar —dijo la búho nival, y Soren parpadeó—. Quieres que te diga si Pico de Metal tuvo algo que ver con Ezylryb.

—Sí. ¿Cómo lo ha sabido?

—Eso no importa —replicó ella—. La verdad es que no lo sé, pero Ezylryb..., bueno, ¿cómo lo explicaría? Ezylryb tiene un pasado. Es una leyenda. Tiene enemigos.

—¿Enemigos?

Soren no podía creerlo. Ezylryb nunca entró en combate. Ése era un hecho bien sabido en el Gran Árbol. Puede que fuera brusco, pero era el ave rapaz más pacífica que uno podría imaginarse. ¿Cómo iba a tener enemigos un pájaro como ése? Ni siquiera tenía garras de combate. De hecho, en cierta ocasión dijo que las despreciaba, aunque los reinos de las lechuzas y otras aves rapaces nocturnas dependían cada vez más de ellas. «Dadles libros, dadles sabrosas tartas de oreja de ratón, enseñadles a cocinar, enseñadles las costumbres de Ga'Hoole —había dicho en el Parlamento—, y todos los cascarrabias estarán de nuestro lado.» «¿Ezyl-ryb violento? Es absurdo», se dijo Soren.

—Una última pregunta...

—¿Sí?

—¿Por qué llaman Pico de Metal a esa ave? —planteó Soren.

—Le desfiguraron la mitad de la cara en un combate. Un herrero ermitaño tuvo que hacerle una máscara y un pico nuevo.

Soren sintió que se mareaba.

CAPÍTULO 11

Fregonas de pedernal

E s eso de que Octavia no sea ciega de nacimiento lo que me revienta la molleja —decía Gylfie.

—A mí me sorprende lo de los enemigos —intervino Digger—. Es increíble que la herrera ermitaña dijera a Soren que Ezylryb tiene enemigos, y es por eso que Pico de Metal podría estar relacionado con su desaparición.

—Lo sé —dijo Soren—, eso es lo que me fastidia a mí también.

Habían regresado al Gran Árbol. No parecía que nadie los hubiera echado de menos y ahora, dentro de su hueco, Gylfie, Twilight, Soren y Digger analizaban y contaban a Eglantine todo lo que habían averiguado de la herrera ermitaña de Velo de Plata. En realidad, no estaban seguros de haber averiguado gran cosa. Lo cierto es que todavía estaban bastante perplejos. ¿Se habían acercado algo más a Pico de Metal? ¿Existía alguna posibilidad de que pudieran hacer algo con respecto a la advertencia de los espectros?

—Habladme otra vez de la fragua de la herrera ermitaña.

Ésa debía de ser la cuarta ocasión en que Eglantine lo pedía. Por algún motivo, se sentía fascinada por la descripción de aquel lugar. Así pues, Soren procedió a describir de nuevo cómo las piedras estaban apiladas en muros que, según la búho nival, habían rodeado un jardín.

—¿Dijo algo más?

Twilight suspiró como si estuviera más que harto de aquella conversación, pero Soren pensaba que contestar las interminables preguntas de Eglantine era lo menos que podía hacer por su hermanita después de haberla obligado a quedarse en el árbol.

—¿A qué te refieres con «algo más»?

—¿Dijo si podía haber sido algo distinto a un jardín?

—Bueno, ahora que lo recuerdo, en realidad dijo que pudo haber sido un jardín amurallado que formaba parte de un castillo.

—¡Un castillo!

Los ojos de Eglantine chispearon.

—Una de esas cosas que los Otros construyeron, ¿sabes?

—Sí, ya lo sé... —respondió Eglantine con voz temblorosa.

De repente se mostró muy inquieta.

—¿Qué ocurre, Eglantine? —preguntó Soren.

—No lo sé. Es sólo que, tal como has descrito aquellas piedras, esos muros me recuerdan algo.

Soren se acordó de pronto de que, cuando Eglantine estaba todavía en estado de shock después de su rescate y ni siquiera era capaz de reconocerlo a él, su propio hermano, fue un trozo de mica de colores vivos lo que la había sacado de su atontamiento. Mags, la urraca comerciante que en ocasiones llegaba al Gran Árbol con sus curiosos artículos recogidos en sus viajes, había llevado ese fragmento. Cuando alguien expuso la mica a la luna, aquella piedra delgada y casi translúcida había resplandecido y, de repente, Eglantine se había puesto a temblar y a gritar: «¡El Lugar! ¡El Lugar!» Pero nadie pudo saber a qué lugar se refería, y hasta ahora Soren no había pensado demasiado en ello. En aquel momento no le dio mucha importancia. A fin de cuentas, su hermana lo había reconocido y enseguida había vuelto a ser la de antes. Pero ahora Soren se planteaba por qué su descripción de aquellos muros de piedra recordaba algo a Eglantine. No tenía la menor idea. Mandó a Gylfie a buscar té de oreja de ratón, pensando que tranquilizaría a Eglantine lo suficiente para que se fuera a dormir. Detestaba ver a su hermana tan alterada.

Pero fue Gylfie, al regresar con un frasquito de té de oreja de ratón en sus garras, quien estaba alterada de veras.

—¡Nos han descubierto!

—¿Qué? —casi chilló Soren—. ¿De qué estás hablando?

—¡Yo no lo dije, lo juro! —susurró Eglantine con desesperación.

—Claro que no. Confío en ti, Eglantine. Sé que jamás lo dirías.

Eglantine casi pareció derretirse, no sólo de alivio sino también por la simple certeza de la confianza que su hermano depositaba en ella. Se había sentido prácticamente una inútil, incapaz de hacer nada importante. Pero que Soren confiara en ella lo era todo.

En ese mismo instante, Primrose entró en el hueco.

—No fue Eglantine ni fui yo.

—¡Otulissa! —silbó Twilight.

—No, Otulissa tampoco. Fue Dewlap.

—¡Dewlap!

Todos dieron un respingo. Dewlap era la mochuelo excavador que dirigía la brigada de Ga'Hoolología, considerada generalmente como la brigada más aburrida de todo el árbol. Se dedicaba a comprender la fisiología y los procesos naturales del árbol que habitaban, el cual sustentaba sus vidas. Y aunque un ave no formara parte de ninguna brigada específica, debía asistir a las clases de esa materia.

—¡Oh, excrepaches! —Twilight sacudió el aire al agitar sus plumas, provocando una fuerte ráfaga que recorrió todo el hueco—. El otro día Dewlap me puso una fregona de pedernal por portarme mal en clase. Lo había olvidado por completo. —Twilight siempre andaba metiéndose en líos en Ga'Hoolología. Resultaba fácil al ser una materia tan aburrida. De hecho, los demás vivían esperando las travesuras de Twilight durante esa clase. Constituía el único remedio contra el aburrimiento—. Tenía que ir a ayudarla a enterrar egagrópilas a la hora intermedia.

La hora intermedia era el período entre el último rayo de sol y las primeras sombras del anochecer.

—Empezó a fisgonear y descubrió que todos habíais desaparecido —explicó Primrose.

—¿Saben adónde fuimos? —preguntó Soren.

Gylfie se encogió de hombros.

—No lo sé. Pero los cuatro tenemos que presentarnos inmediatamente a Boron y Barran. —Gylfie hizo una pausa—. En el Parlamento.

—¡Glaux bendito! ¿Delante de todo el mundo? —exclamó Digger.

Había en total once aves adultas que constituían el órgano de gobierno del Gran Árbol Ga'Hoole, conocido como el Parlamento. Decidían a qué brigadas había que asignar a los jóvenes polluelos al cabo de un período de formación y educación general. Planificaban las fechas exactas en las que había que recoger las orejas de ratón. Se ocupaban de todas las misiones de diplomacia, guerra y, sobre todo, apoyo a aves rapaces nocturnas, solitarias o en grupo, necesitadas. Supervisaban las múltiples ceremonias y celebraciones del Gran Árbol y resolvían todos los conflictos. Decidían también las «fregonas de pedernal» apropiadas, como se las llamaba, por cuanto en el lenguaje de los habitantes de Ga'Hoole no existía una palabra específica para designar «castigo». Jamás se azotaba, pegaba, picoteaba, encerraba ni daba menos comida a los polluelos. Ni siquiera creían en suprimir derechos como el de asistir a fiestas, celebraciones o banquetes. Sólo creían en la fregona de pedernal. El pedernal era la herramienta más valiosa que poseían las aves de Ga'Hoole, pues con sus pedernales encendían fuego. Con el paso de los años la palabra «pedernal» había llegado a ser sinónimo de algo muy valioso. Decir que algo era «de pedernal» o «tenía pedernal» significaba que poseía un gran valor. En consecuencia, una «fregona de pedernal» era alguien que despreciaba el valor de algo. Y si uno despreciaba el valor de algo, se le exigía restituir lo que se había llevado. Así, la expresión para designar esa restitución llegó a ser conocida también como una «fregona de pedernal». Era lo que más se acercaba en el lenguaje de las aves rapaces nocturnas al término «castigo». Y, en el caso de Twilight, la «fregona de pedernal» consistía en ayudar a Dewlap, la instructora de Ga'Hoolología, a enterrar egagrópilas que alimentaban las raíces del Gran Árbol.

—¿De manera que tenemos que ir al Parlamento ahora mismo? —preguntó Soren.

—Ahora mismo —asintió Gylfie—. Y creo que no deberíamos retrasarnos.

—¡Adelante!

Era el fuerte y sonoro ululato de Boron a través de las puertas de corteza del hueco del Parlamento. Aquella estancia era una de las pocas que tenían puertas de verdad, por cuanto los asuntos del Parlamento solían ser alto secreto. De todos modos, Twilight, Soren, Gylfie y Digger habían descubierto entre las retorcidas raíces del árbol un recoveco donde se daba un fenómeno extraño en la madera del tronco, y en ese lugar las voces de los pájaros del Parlamento resultaban audibles. A veces los cuatro amigos bajaban allí para escuchar a escondidas. De haberlo descubierto, esa conducta se habría podido considerar peor de lo que acababan de hacer. Aunque Soren aún no estaba seguro de que lo que habían hecho fuera tan malo. Sí, se habían ausentado durante la fiesta de la cosecha, pero ¿era eso realmente tan espantoso? Sería malo quizá si se hubiera descubierto adónde habían ido, pero en realidad el único al que podía considerarse culpable era Twilight, quien se había olvidado por completo de cumplir su fregona de pedernal.

Sólo tres miembros del Parlamento estaban posados sobre la rama de abedul blanca que había sido combada en un semicírculo. Eran los soberanos Boron y Barran, y Dewlap. Soren supuso que debería sentirse aliviado por el hecho de que estuvieran presentes sólo ellos tres, en lugar del Parlamento entero. Y, comoquiera que el otro único miembro presente, además de los reyes, era Dewlap, eso podía significar que, de hecho, el peor error consistía en que Twilight hubiera olvidado su fregona de pedernal.

—Jovencitos —empezó Barran—, nos hemos enterado por mediación de la buena instructora Dewlap de que Twilight se ausentó de sus tareas de fregona de pedernal de enterrar egagrópilas, que proporcionan alimento a nuestro Gran Árbol. Después de nuevas indagaciones, se descubrió que vosotros cuatro, la «banda» entera, como os hacéis llamar, habíais abandonado el árbol la noche de las celebraciones. Así pues, no sólo Twilight no cumplió la fregona de pedernal, sino que, por si fuera poco, todos los demás no participasteis en la selección y clasificación de orejas de ratón, como es costumbre después de las celebraciones de la cosecha, por no hablar de las ceremonias de entrega de premios que siguen a la selección para aquellos que se han distinguido por su diligencia en la cosecha.

«¿Premios de selección y clasificación?» Soren nunca había oído hablar de eso. Miró de soslayo a Gylfie, que parecía tan desconcertada como él.

Entonces Barran, como si les leyera el pensamiento, siguió diciendo:

—Sí, jovencitos, hay cosas que todavía ignoráis: costumbres y ceremonias que tenemos aquí, en el Gran Árbol Ga'Hoole. Por ejemplo, Soren, durante tu ausencia celebramos la Ceremonia de la Primera Carne con Huesos para tu hermana, Eglantine, y para otros jóvenes de la Gran Caída que se habían perdido ese acontecimiento pétreo.

Un acontecimiento pétreo era aquel que se consideraba de gran importancia en el desarrollo de un joven polluelo. La Ceremonia de la Primera Carne con Huesos era uno de los rituales más importantes de todos los que marcaban las etapas de la vida de un ave rapaz nocturna desde la salida del huevo, pasando por la fase de volador completamente plumado, hasta la condición de cazador experto. Boron y Barran creían que, si bien los pájaros como Eglantine llevaban mucho tiempo comiendo carne con huesos porque se habían quedado huérfanos muy pronto y se habían perdido esa ceremonia con sus padres, no dejaba de ser importante que se les reconociera tales momentos. «Más vale tarde que nunca», decía siempre Barran.

—¡Me he perdido la Ceremonia de la Primera Carne con Huesos de Eglantine! —Soren tuvo la impresión de que le subía un sollozo desde la molleja—. ¿Por qué...? ¿Por qué? —balbuceó.

—¿Por qué no te lo dijo? —preguntó Barran, y procedió a contestar su pregunta—: ¿Es que acaso no es siempre una sorpresa cuando tus padres llegan a casa con el primer ratón de campo o la primera ardilla listada y dicen: «¡Trágatelo enterito!»? Se acabó que le quiten los huesos como cuando uno era un bebé. Así pues, ¿por qué no debería ser una sorpresa aquí?

Soren se limitó a parpadear. Las lágrimas empañaron sus ojos, y la enorme y vieja búho nival se desdibujó como una nube.

—Pero ni siquiera me lo dijo cuando regresé.

—Eglantine es una joven sensible. Estoy segura de que sabía que te habrías sentido muy mal por haberte perdido su Ceremonia de la Primera Carne con Huesos, y lo último que tu hermana desearía sería que te sintieras mal. Te quiere demasiado, Soren.

Las alas de Soren colgaban a los lados. Se sentía terriblemente mal.

—Bien, jovencitos.

Boron había empezado a hablar por primera vez desde que dijo «Adelante».

«¡Ay, Glaux! Va a preguntarnos dónde hemos estado», pensó Soren.

—Supongo que fuisteis a buscar a Ezylryb, ¿no es cierto? —dijo, y Soren asintió con la cabeza—. Bueno, eso era de esperar.

Dewlap se hinchó de repente, presa de indignación.

—Siento discrepar, Boron, pero lo que se esperaba era que cumplieran con sus obligaciones.

—Oh, tienes razón. Tienes razón, desde luego.

Aun así, Soren presintió que Boron no creía que la aburrida mochuelo excavador tuviera precisamente razón. Tal vez se librarían con sólo una ligera fregona de pedernal, pero lo más importante era que quizá Boron no les preguntaría dónde habían estado.

—¿Dónde habéis estado? —gruñó Dewlap.

—No importa mucho dónde —replicó Boron—. Lo que verdaderamente importa es que, en su ausencia, la banda se perdió la selección y clasificación de orejas de ratón. Soren no asistió a la Ceremonia de la Primera Carne con Huesos de su hermana, y Twilight incumplió su fregona de pedernal contigo. Así pues, el árbol en su conjunto sufrió las consecuencias.

—Creo —atronó la voz de Dewlap— que ha llegado el momento de la restitución. Los cuatro enterraréis egagrópilas durante las tres próximas jornadas, dos veces al día.

Cuando regresaron a su hueco desde el Parlamento, Soren murmuró entre dientes a los demás:

—No nos podemos quejar... No nos podemos quejar... Nos hemos librado de una buena.

—¿De una buena? ¿Llamas a tener que enterrar egagrópilas «librarse de una buena»? —bufó Twilight.

—Escucha —dijo Gylfie—, en primer lugar fue porque tú olvidaste acudir a tu fregona de pedernal que nos descubrieron. Así que cierra el pico.

—¿Sabéis una cosa? —decía Digger—, a pesar de que soy un mochuelo excavador y Dewlap también lo es, presiento que no tengo nada en común con esa vieja bruja.

—¡Y que lo digas! —exclamó Gylfie—. Es muy aburrida.

—Y malvada —añadió Soren.

Los otros parpadearon. Nunca habían pensado que Dewlap fuese malvada, sino tan sólo aburrida. Al igual que Soren hasta que Dewlap había gruñido, y él había advertido un extraño fulgor verdoso en sus ojos amarillos que parecían ocultar una molleja tacaña. La madre de Soren le había dicho siempre que era una molleja tacaña y envidiosa lo que hacía que las aves rapaces nocturnas fueran malvadas. Su madre había agregado que la envidia y la tacañería eran los peores defectos que un ave podía tener. Ahora Soren evocaba sus palabras: «No hay ninguna necesidad de que las aves rapaces nocturnas sean envidiosas o tacañas, Soren. Poseemos el cielo, poseemos los magníficos bosques y los árboles. Somos los pájaros más hermosos que vuelan sobre la faz de la tierra. ¿Por qué deberíamos sentir envidia de cualquier otro pájaro o animal?»

CAPÍTULO 12

Garras oxidadas

Para cuando los cuatro amigos regresaron a su hueco, Eglantine estaba profundamente dormida. Y los demás no tardaron en dormirse a su vez. Eglantine se agitaba nerviosamente en sueños. Se había mostrado alterada desde que le habían hablado del jardín amurallado de la fragua.

Pero ahora Soren no podía pensar en nada de eso. Todavía estaba aquel espantoso asunto pendiente de Pico de Metal y el «ojalá». Una imagen pavorosa como ninguna: un ave rapaz con sólo la mitad de la cara, asesinando criaturas a su paso. Para colmo, debían cumplir la fregona de pedernal para Dewlap. Gylfie se movió, y Soren se dio cuenta de que también estaba despierta.

—Gylfie, ¿por qué crees que Boron y Barran no nos han preguntado dónde estuvimos?

—Sabían que tenía algo que ver con Ezylryb, y están al corriente de lo que sientes por él. No tenían necesidad de que les dijeras exactamente adónde fuiste.

—¿Sabes? —dijo Soren pausadamente—, tengo la impresión de que en cierto modo Octavia podría ser importante en todo ese asunto del que la herrera ermitaña de Velo de Plata nos habló.

—¿Cómo? —inquirió Gylfie con su pragmatismo habitual—. ¿Cuál es la relación?

—Presiento en el fondo de mi molleja —continuó Soren, pensando en voz alta— que de alguna manera está relacionada con el pasado de Ezylryb cuando éste era quizás un ave distinta.

—¿Distinta? —preguntó Gylfie.

—¿Recuerdas que la búho nival nos dijo que conoció a Octavia antes de que se quedara ciega? —prosiguió Soren, y Gylfie asintió—. Y fue Octavia quien le habló sobre la isla del Ave Oscura, donde anidaba el maestro herrero. Ahí hay una conexión, una relación con Ezylryb. ¿También éste conoció a Octavia entonces, antes de que ella se quedase ciega? Y la herrera ermitaña dijo que llegaron juntos aquí hace muchos años. Entonces Octavia era ciega, pero ¿qué era realmente antes de eso? ¿Qué hizo por Ezylryb? ¿Cómo puede una serpiente conocer la existencia de una fragua en una isla en la que se fabrican garras de combates?

—¿Qué sugieres que hagamos, Soren? —preguntó Gylfie.

Él se volvió a mirar a su mejor amiga en todo el mundo, la pequeña mochuelo duende junto a la que había vivido tantas cosas. ¿Podía pedirle que lo hiciera? Sabía que la asustaría. Respiró hondo y luego le contó qué se había propuesto.

—Sugiero que entremos en el hueco de Ezylryb cuando Octavia no esté allí.

Gylfie dio un respingo tan fuerte que casi despertó a Twilight.

—Soren, no me lo puedo creer. Eso es allanamiento de morada, fisgonear, espiar, y Ezylryb es tu maestro favorito. Es tan... tan...

—Vil —sugirió Soren.

—Pues sí —asintió Gylfie—. Iba a decir indecoroso. Pero sí, «vil» viene a definirlo. Me sorprendes, Soren. Quiero decir que eso equivale a pedir a gritos una fregona de pedernal.

—¿Qué me importan las fregonas de pedernal? Es una cuestión de vida o muerte. Si podemos descubrir algo que nos ayude a encontrar y salvar a Ezylryb, no puede ser vil ni impepitorio.

—¿Impepitorio? —susurró Gylfie con voz ronca—. ¿Pepitas, Soren? ¿Crees que esto guarda alguna relación con las pepitas?

Soren parpadeó. Había querido decir esa palabra que Gylfie había empleado: indecoroso. Pero le había salido mal. Se había equivocado. Aun así, ¿guardaba alguna relación con las pepitas? Se estaba tejiendo una tela de araña. Notaba cómo los iba envolviendo a todos, y en su centro se encontraba una araña con un Pico de Metal.

—Debo ir —anunció Soren.

—No dejaré que vayas sin mí —repuso Gylfie.

—Deberíamos ir los dos solos.

—No —dijo Digger repentinamente.

—¿Estás despierto? —preguntó Gylfie.

—Acabo de despertarme. Escuchad, quiero participar en esto. Necesitaréis un vigía. Montaré guardia. ¿Qué vais a hacer los dos si Octavia llega? Yo podría distraerla el tiempo suficiente para que salierais. Ezylryb dispone de algunas aeroportillas en su hueco, ¿no es cierto?

Las aeroportillas eran las aberturas que daban directamente al exterior del árbol, desde las cuales las aves podían salir volando de sus huecos. Había unos agujeros más pequeños, llamados troncoportillas, por los que solían pasar las serpientes nodrizas.

—Desde luego —contestó Soren.

Así se acordó. Irían al día siguiente, justo después de la hora intermedia y su fregona de pedernal para Dewlap, durante el ensayo de arpa al que Octavia, como miembro del gremio del arpa, debía asistir.

—¡Gylfie! Querida, ese hoyo no es lo bastante profundo. —Gylfie se acercó a la mochuelo duende—. Vamos, te lo demostraré. Y no utilices el pretexto de que eres una mochuelo duende y tienes el pico demasiado pequeño. Uno de los mejores miembros que he tenido en mi brigada era un mochuelo duende, y cavaba unos hoyos exquisitos.

—¿Es que nunca duerme? —masculló Digger a la hora intermedia, cuando los cuatro amigos practicaban hoyos en el suelo con el pico para enterrar las egagrópilas.

Sonaron los primeros acordes del arpa, y todos exhalaron un suspiro de alivio. Su fregona de pedernal había terminado por el momento. Y el registro del hueco de Ezylryb podía empezar. Los demás habitantes del Gran Árbol todavía dormían, porque durante esos primeros días que seguían a la fiesta de la cosecha tendían a levantarse más tarde. Soren, Gylfie y Digger se encaminaron hacia el hueco de Ezylryb. Situado en una de las partes más altas del árbol, era el único orientado al noroeste, la dirección del frío viento predominante que no agradaba a la mayoría de las aves de Ga'Hoole. Pero, desde luego, Ezylryb no era como la mayoría. Y tal vez le gustaba mirar en la dirección de los Reinos del Norte de los que había venido.

Tan pronto como entraron en el hueco, Digger ocupó su puesto de vigía en la troncoportilla. Trató de captar todo lo que pudo de los aposentos del anciano maestro, que parecía contener cientos de libros y mapas, pero Soren y Gylfie lo mandaron apresuradamente al puesto de vigilancia.

—¿Por dónde empezamos? —preguntó Soren, tras mirar la infinidad de papeles, cartas y mapas apilados, además de otros muchos chismes que Ezylryb tenía para que lo ayudaran a interpretar las condiciones meteorológicas.

Había un frasquito de arena que colgaba a menudo fuera de su hueco, con el que el maestro registraba la humedad del aire. Había otro frasquito de mercurio para calibrar los cambios de presión atmosférica. Había por lo menos veinte anemómetros. Ezylryb experimentaba siempre con anemómetros nuevos que utilizaban plumas, a veces arrancadas de su propio cuerpo, pero por lo general era una muda de algún polluelo muy joven que acababa de despojarse de su primer plumón de cobertura.

—Resultaría más fácil saber por dónde empezar si supiéramos exactamente qué andamos buscando —respondió Gylfie, que acababa de posarse sobre una pila de libros peligrosamente inclinada.

Soren se limitó a suspirar. En el hueco reinaba una atmósfera deprimente. Durante aproximadamente un mes después de la Gran Caída, Ezylryb había empezado a invitar a sus aposentos a los miembros de su brigada del tiempo para tomar el té. El viejo instructor hablaba acerca de sus últimas teorías meteorológicas o sus invenciones para interpretar el tiempo. Pero ahora los carbones de su chimenea estaban fríos. Las bandejas de su tentempié favorito, orugas secas, estaban intactas, y una fina capa de polvo recubría todos los libros.

Soren sabía que anexa a la sala principal del hueco de Ezylryb había otra donde dormía. Gylfie ya había entrado en ella, de modo que Soren la siguió.

—¿Hay algo ahí?

—Prácticamente nada —contestó Gylfie.

En marcado contraste con la sala de estar, el dormitorio era austero y contenía muy pocos muebles. Había una cama, una mezcla de plumón con generosas porciones de musgo ga'hooliano, célebre por su cualidad lanosa. Junto al lecho se hallaba una mesilla con un delgado libro de poemas encima de otro volumen grueso y encuadernado en cuero. Soren echó un vistazo al libro.

—¿Qué es ese libro? —preguntó Gylfie.

—Algo titulado *Sonetos de los Reinos del Norte*, de Lyze de Kiel.

—¡Vaya! —exclamó Gylfie—. Parece apasionante, ¿verdad?

—Bueno, ya conoces a Ezylryb. Todo el mundo dice que es el mejor sabio del lugar. Le gustan todas esas materias extrañas y oscuras. No sólo se dedica a la ciencia del tiempo.

—¿Qué es el otro libro? —quiso saber Gylfie.

Soren movió el tomo de poemas.

—Este libro es tan antiguo que apenas puedo leer el título.

El cuero se había agrietado en finos surcos, y la página dorada en la que el título se había escrito casi se había desconchado. Pero debajo había la tenue marca del contorno de las letras en relieve. Soren, fijándose mucho en ellas, leyó despacio:

—*Epopeyas de los Reinos del Norte: Historia de la guerra de las Garras de Hielo*, de Lyze de Kiel.

—Un tipo con talento, supongo —observó Gylfie—. Quiero decir: sonetos e historia bélica. —Gylfie hablaba mientras revoloteaba de aquí para allí en la habitación casi vacía—. ¿Qué es esto? —dijo de repente.

—¿Qué es qué? —preguntó Soren—. Oh, parece una percha. Ezylryb debe de utilizarla para sus ejercicios, o algo parecido.

—No, creo que no.

Tan pronto como Gylfie se posó sobre la percha, ésta se desprendió de la pared. La pequeña mochuelo duende cayó dando tumbos por el aire y aterrizó suavemente sobre sus patitas.

—¡Una percha! Ni siquiera puede sostener un mochuelo duende como yo.

Soren parpadeó, asombrado. Era extraño. En el sitio que ocupaba la percha había un agujero. Soren voló hasta él y entonces, sirviéndose de rápidos aleteos e inclinando la cola, consiguió mantenerse en el aire. «¡Glaux bendito! ¡Ojalá fuera un colibrí!», pensó. Mantenerse suspendido en un espacio reducido no era tarea fácil para un ave del tamaño de Soren.

—Gylfie, ven aquí y mantente como yo lo hago. Tú eres más pequeña, de modo que lo harás mejor. Echa un vistazo al interior de este agujero. Veo algo.

—¿De veras?

Gylfie había subido al mismo tiempo que Soren retrocedía. Gylfie se sostuvo en el aire, introdujo el pico de repente y, en una fracción de segundo, lo retiró. Sujeta a él, había una cuerda larga, que estaba firmemente atada a algo alojado dentro del agujero.

—¡Tira de ella! —dijo Soren.

Gylfie dio un pequeño tirón.

—Yo no puedo, tú eres más fuerte.

Así pues, Soren se acercó y tiró. Sonó un chasquido y de repente se abrió una puerta hasta ese momento invisible. Los dos amigos se miraron parpadeando. No había necesidad de preguntar si debían entrar o no. Se decidieron al instante. Soren entró el primero. Estaba oscuro pero, por supuesto, la oscuridad jamás incomodaba a una lechuza. De hecho, veían mejor a oscuras. Avanzaron por un pasadizo tan estrecho que volar por él resultaba casi imposible incluso para un mochuelo duende. Pero pronto el pasillo se ensanchó y se encontraron en otra oquedad, más o menos de las mismas dimensiones que el dormitorio de Ezylryb.

«Una cámara secreta», pensó Soren. Entonces los dos pájaros parpadearon, llenos de asombro.

—Soren, ¿ves lo que yo veo?

—¡Claro que sí!

Colgadas de la pared que tenían enfrente había un par de garras de combate viejas y oxidadas. «Sí, una cámara secreta para ocultar secretos.» Soren pensó en su última conversación con la herrera ermitaña de Velo de Plata. Evocó sus palabras: «Ezylryb tiene un pasado. Es una leyenda. Tiene enemigos.»

Cuán estupefacto se había quedado Soren. Qué increíble le resultaba que el ave rapaz más pacífica de la tierra pudiera tener un solo enemigo. ¡Ezylryb, quien exhibía el mayor desprecio por las garras de combate!

—¡Vaya, fíjate en esas garras! ¡Santo Glaux! —Gylfie se había acercado hasta ellas—. Me revuelve la molleja sólo de estar cerca. Soren, no te lo vas a creer. Estas armas son mortíferas. Tienen los bordes dentados. ¡Glaux todopoderoso! Ven aquí a mirarlas.

—¡No! —exclamó Soren.

No podía soportar la idea de que su maestro —su héroe— se las pusiera. Matar. Él mismo había matado antes. Había ayudado a matar al lince en el bosque de Los Picos, y había ayudado a matar a los altos cargos de San Aegolius, Jatt y Jutt, cuando los dos búhos chicos los habían atacado en el desierto de Kuneer. Pero aquello era algo distinto. Era como ser un asesino profesional. Sí. ¿Cómo habían llamado a esas aves rapaces de las que había oído hablar..., garras de alquiler? Se ofrecían a cualquiera para luchar y matar. Ése era el único motivo de que un ave rapaz nocturna tuviera un juego de garras. Todas las que había en el Gran Árbol se guardaban en el arsenal. No había muchas normas en Ga'Hoole, pero estaba terminantemente prohibido guardar armas en el propio hueco.

Con todo, Soren se sintió atraído por ellas y, poco a poco, avanzó dando saltitos hacia las garras de la pared.

—Bueno, están oxidadas —dijo Gylfie, mirando nerviosamente a su amigo.

Sabía cuánto admiraba Soren a Ezylryb y, por consiguiente, que aquello tenía que resultarle muy difícil. Las garras de alquiler eran lo peor de lo peor.

—Porque están oxidadas, ¿ves? No creo que las use mucho. Quizá no lo ha hecho en muchísimos años, Soren.

—Quizá —dijo Soren débilmente.

Observó las garras con mayor detenimiento. Tenían algo que le resultaba familiar. Algo en el modo en que las garras se curvaban imitando hasta el último detalle la forma de las garras de una lechuza. «Tienen que encajar a la perfección», pensó Soren. Entonces se le ocurrió.

—Gylfie... —Se volvió de pronto hacia la pequeña mochuelo duende—. Estas garras fueron fabricadas por la herrera ermitaña de Velo de Plata.

—No, jovencitos. —Los dos amigos se volvieron. Octavia entraba en la cámara arrastrándose—. No fue la herrera de Velo de Plata, sino su maestro de la isla del Ave Oscura, en el mar del Invierno Eterno. Se hicieron

143

para Lyze de Kiel, poeta, guerrero y escritor de epopeyas.

—Lyze de Kiel —susurró Soren.

Las palabras resonaron en sus oídos. Las letras cambiaron de sitio en su mente, y el verdadero significado de aquéllas apareció en lo más hondo de su molleja.

La vieja serpiente ciega pareció percibir todo eso.

—Sí, Soren. Lo estás comprendiendo, ¿verdad?

—¿Qué? —dijo Gylfie.

—Lyze de Kiel, Gylfie. Cambia de sitio algunas letras y obtendrás Ezyl.

CAPÍTULO 13

Octavia habla

Sí, querido, «ryb» se añadió después de que viniéramos aquí y los demás supieran que el más grande de los sabios y guerreros había llegado al Gran Árbol Ga'Hoole. —Octavia hizo una pausa—. Tú lo conoces como Ezylryb.

En ese momento Digger entró en la cámara secreta. Estaba desesperado.

—Grité y grité tratando de advertiros. Lo he intentado todo para distraerla. Lo siento mucho.

Octavia hizo oscilar su cabeza hacia el mochuelo excavador.

—No te preocupes. Durante mucho tiempo he presentido que Soren tramaba algo. Desde esa primera noche de las celebraciones de la cosecha. Lo habría descubierto tarde o temprano.

Soren se acordó entonces de que Octavia se había

deslizado a la galería para ayudar a Madame Plonk, quien había perdido el conocimiento por culpa del vino de oreja de ratón. Todos los demás estaban distraídos por la aparición del cometa. Fue una distracción perfecta, que camuflaría su marcha. Pero justo cuando Soren se escabullía fuera del Gran Hueco, había notado como si la serpiente ciega fijase la mirada en él. Era evidente que Octavia poseía facultades extraordinarias, aunque no fuese ciega de nacimiento.

—No se lo dirá a nadie, ¿verdad, Octavia?

Había un tono casi suplicante en la voz de Soren.

—No. ¿De qué serviría? No ayudaría a hacer regresar a Ezylryb.

—¿Cree usted que su desaparición tiene algo que ver con su pasado..., con alguien que quiere ajustar cuentas?

Octavia se enroscó y extendió la cabeza directamente hacia Soren. Éste volvió a tener la sensación de que la mirada de la serpiente penetraba en sus pensamientos más íntimos.

—¿Quién te dijo eso?

—La herrera ermitaña.

—¿De Velo de Plata? —Octavia levantó ligeramente la cabeza—. Sí, debí haberlo supuesto. Es muy distinta de su hermana, ¿no es cierto?

Resultaba inútil preguntar a aquella serpiente cómo podía saberlo todo, porque ésa era la impresión que daba.

«Pero ¿cómo es posible que no sepa dónde está Ezylryb?», se preguntó Soren.

Octavia cogió su plumero y empezó a quitar la capa de polvo de una pila de libros que descansaba sobre una mesa junto a las garras. Gylfie soltó un pequeño estornudo.

—Alergias, no se preocupe. Siga, Octavia.

—Este sitio está hecho un desastre, ¿verdad? Me cuesta trabajo entrar aquí para limpiarlo. Demasiados recuerdos.

—Claro —susurró Soren.

No obstante, tenía el presentimiento de que Octavia se disponía a relatar algunos de aquellos recuerdos, y tal vez el movimiento, ocupada en esa sencilla tarea de limpiar el polvo, soltaría su lengua bífida.

—¿Sabéis, jovencitos? —empezó Octavia mientras ordenaba un montón de papeles y seguía quitando el polvo de la mesa—, Ezylryb y yo nos remontamos mucho tiempo atrás, a la época en la que él era conocido como Lyze, el guerrero poco menos que legendario de la guerra de las Garras de Hielo.

Los tres jóvenes apenas se atrevían a respirar mientras la anciana y gordinflona serpiente comenzaba su relato.

—Esa guerra de las Garras de Hielo fue la más larga de la historia. Ya se había adentrado mucho en su segundo siglo para cuando Lyze salió del huevo. Fue criado, formado y educado para ser guerrero, como lo eran todas las aves rapaces nocturnas jóvenes de la isla de las Tempestades en la bahía de Kiel, en el mar del Invierno Eterno. Su padre, su madre, sus abuelos, sus bisabuelos y sus tatarabuelos fueron sin excepción excelentes soldados. Todos y cada uno de ellos habían sido comandantes de una división de artillería aérea. Además eran cultos. Sabían luchar con su mente y no sólo con sus garras. Sin embargo, no tardó en hacerse patente, tan pronto como Lyze desarrolló su plumaje y empezó a volar, que se trataba de un joven autillo bigotudo fuera de lo común. Más brillante que cualquiera de sus hermanos, que poco después iban a causar problemas en el nido. Pronto se convirtió en el comandante más joven de una división de artillería aérea, y no tardó demasiado en empezar a formar carboneros.

»Seguramente os preguntaréis qué pintaba yo. Bien, en la isla de las Tempestades había, naturalmente, serpientes nodrizas. Eran ciegas. Pero existía otra raza de serpientes, llamadas kielianas, que no eran ciegas. No tenían escamas rosáceas, sino de color azul verdoso como las mías. Yo soy una serpiente kieliana. Somos célebres por nuestra laboriosidad e ingenio, más musculosas que las serpientes ciegas y sumamente flexibles.

Octavia se detuvo por un momento.

—Esto no es todo grasa, ¿sabéis? —Giró la cabeza y con ella se dio unos golpecitos en el cuerpo—. Aquí hay mucho músculo. En cualquier caso, podíamos entrar en lugares que eran inaccesibles a las serpientes ciegas y, gracias a nuestra musculatura, éramos capaces de abrir oquedades tanto en el suelo como en un árbol. Sí, nuestros colmillos eran tan eficaces como el pico de un pájaro carpintero.

Los tres amigos se quedaron de piedra al ver los dos largos colmillos que asomaron de la boca de Octavia.

—Dan miedo, ¿verdad? —Hizo una pausa para mirar detenidamente a los jóvenes antes de reanudar su historia—. Fue Lyze el primero al que se le ocurrió utilizarnos en combate. Lyze y yo éramos más o menos de la misma edad. Mis padres conocían a los suyos, pero por lo general las serpientes y las aves rapaces nocturnas no solían tener mucha relación en la isla de las Tempestades. Debéis tener en cuenta que las criaturas que viven en el mar del Invierno Eterno y en sus costas no son seres muy sociables. Se encierran en sí mismos. Las condiciones allí son tan duras que..., bueno, no se prestan a..., ¿cómo lo diría?, la frivolidad. Excepto una servidora.

»Yo era una serpiente conflictiva. Un problema de joven, que no hizo más que agravarse a medida que fui creciendo. Me encantaba perder el tiempo, divertirme, meterme en líos. No me importa confesaros que era terriblemente coqueta por aquel entonces. Daba la impresión de que toda la laboriosidad por la que se caracterizaba nuestra especie me hubiera dejado de lado. Recuerdo que mi mamá dijo en cierta ocasión que, de no haber sabido que yo era una serpiente kieliana, habría creído que ella y papá estaban criando una ardilla listada. Estos animales son unas criaturas estúpidas, increíblemente irresponsables y frívolas. Volvía locos a mis padres durante mi adolescencia. Fue hacia esa época cuando Lyze tuvo la idea de entrenar serpientes kielianas para el combate. Un día en que Lyze sobrevolaba el risco rocoso en el que mis padres tenían su nido, uno de los pocos días despejados, yo estaba fuera tomando el sol, sin hacer nada, y mi mamá me regañaba. Lyze la oyó desde las alturas. Acababa de ocurrírsele la idea de crear una fuerza sigilosa de serpientes kielianas. Se posó y dijo a mi mamá: "Déjela a mi cargo, señora, y ya no volverá a tener un día relajado en su vida. Haré de ella un soldado de grietas." Yo, por supuesto, me sentí horrorizada ante aquella idea. Pero antes de enterarme de lo que ocurría, mamá y papá habían dado su consentimiento y me encontraba en las garras de Lyze siendo trasladada a un campo de instrucción. La única compensación era que había allí algunas serpientes kielianas macho muy atractivas. Pero, ¡cielos!, después de un día de instrucción yo no servía para nada más que dormir.

»Bueno, tal vez no os lo creeréis, pero me convertí en un soldado bastante apto para la fuerza sigilosa. Para ser franca, creo que fue Lyze el artífice. Ese autillo bigotudo era y es capaz de inspirar a cualquiera.

Soren sintió una punzada en la molleja. «Cuánta

razón tiene», pensó, y recordó las veces en que había volado con Ezylryb a través de incendios, vendavales y la peor de las tormentas.

—Lyze encontró pareja poco después de comenzar mi adiestramiento. En cierto modo, fue entonces cuando empezaron realmente los problemas con su hermano. Éste, un ave aparentemente tranquila y amable llamada Ifghar, estaba encaprichado de la pareja de Lyze, pero él no le gustaba a ella. La guerra de las Garras de Hielo se estaba recrudeciendo. La liga de Kiel, formada por las islas de la bahía de Kiel y la costa, que se habían aliado, estaba siendo derrotada por la liga de las Garras de Hielo, situada más al este. El rey de la región de las Garras de Hielo era un búho nival viejo y brutal que en realidad aspiraba a dominar todos los Reinos del Norte. Fue por aquel entonces que fui ascendida a la unidad más exclusiva de la fuerza sigilosa. Esa unidad, llamada Glauxspeed, estaba en la división de Lyze, de la cual él era el comandante en jefe. Yo le servía directamente.

»Lyze y su compañera, Lil, formaban una pareja estupenda en combate. Parecía que ni siquiera tuvieran necesidad de comunicarse. Sus mollejas estaban tan sincronizadas y en tan buena armonía que una sabía al instante lo que el otro pensaba. Juntos constituían un equipo temible. Su compenetración y precisión eran inigualables. El enemigo no los podía ver. Todo el mundo sabía que si se ganaba la guerra, sería gracias a Lyze y Lil.

—¿Y qué pasó? —preguntó Digger—. ¿Se ganó la guerra?

Octavia soltó un profundo suspiro y dejó su plumero.

—No, Ifghar se convirtió en un traidor, traicionó a su hermano, a su familia y a la liga de Kiel entera. Estaba tan celoso que, llegado a ese punto, se pasó al otro bando y juró que podía deshacer el equipo. Su única condición fue que le entregaran a Lil como pareja.

—¡Oh, no! —exclamaron los tres amigos a la vez.

—Descubrí el plan, pero era demasiado tarde. Ya habían alzado el vuelo, dispuestos a atacar una unidad de reconocimiento de una isla de la bahía de Colmillos. Normalmente yo volaba sobre un cárabo de franjas viejo y corpulento. Era un volador excelente, rápido y silencioso, pero ese día no estaba libre, así que me asignaron un cárabo manchado hembra, pero no era tan veloz. Llegué allí justo a tiempo de ver la emboscada tendida por Ifghar. Todo salía de acuerdo con su perverso plan salvo en un detalle: Lil resultó mortalmente herida. Ifghar se puso hecho una furia, y Lyze..., bueno, Lyze se vino abajo.

—¡Perdió el control del vuelo!

Soren estaba atónito. Cuando los pájaros recibían un susto enorme, un terror que les helaba la molleja, sus alas se plegaban bajo su cuerpo y se precipitaban al suelo.

—Fue una suerte que, justo en aquel momento, pasara por allí un águila de cabeza blanca, la cual se lanzó en picado y capturó a Lyze antes de caer al agua. Pero lo cogió por una garra y se la hirió de gravedad. Aun así, habría sido peor que se hubiera caído al mar. Se habría ahogado. Las aves rapaces nocturnas no sabéis nadar un excrepache. La garra herida nunca llegó a sanar. Le causaba mucho dolor. Así pues, finalmente, se la arrancó.

—¿Se arrancó su propia garra? —dijo Soren, consternado.

—Créeme, después del dolor inicial, comenzó a sentirse mucho mejor.

Octavia dejó de hablar. Sin embargo, Digger presintió que tenía aún más cosas que contar. El mochuelo excavador dio un paso al frente.

—¿Hay algo más?

—Sí, fue en ese combate, la batalla de las Garras de Hielo, como se llamaría más tarde, cuando me quedé ciega. Tan distraída estaba por el accidente de Lyze que no vi el feroz cárabo lapón que se acercaba por el flanco de barlovento. Me había erguido en toda mi extensión y gritaba desesperadamente a Lyze que rompiera el hechizo y recuperase el control. El cárabo lapón pasó volando y en dos segundos me arrancó los ojos. Ése fue el final de mi carrera militar. Y resultó ser también el fin de la de Lyze. Jamás volvió a ponerse unas garras de combate. —Octavia hizo una pausa—. Por lo menos, no para luchar. —Señaló con un movimiento de la cabeza las que había colgadas sobre la pared—. Esas garras viejas y oxidadas son las que usó en aquella batalla. Lo convencí de que las recuperara para que no cayeran en las garras enemigas.

—¿Y qué hicieron entonces?

—Bueno, para entonces Lyze y yo nos teníamos mucho cariño. Él dijo que había renunciado a la guerra y decidido retirarse a una pequeña isla alejada de los conflictos de las Garras de Hielo, que se hallaba en el mar Amargo. Había allí un retiro, una orden del Hermano de Glaux que se dedicaba sólo al estudio. Tenían una estupenda biblioteca. De modo que nos fuimos allí por un largo tiempo. Nadie hacía preguntas. Lyze leía y leía. Y emprendió su relato, el que habéis visto: *Historia de la guerra de las Garras de Hielo*. También en el retiro comenzó su estudio serio del tiempo. Fue allí donde aprendí a ser una serpiente nodriza y a atender su hueco y los de muchos de los demás hermanos.

—¿Qué pinta la hermana de Madame Plonk en todo esto? —inquirió Gylfie.

—Oh, aproximadamente un año antes de la gran tragedia había abandonado el hueco de su familia, desesperada por escapar de su madrastra. Su vida era muy desdichada. La música no era para ella. Tenía algo que atraía a Lyze y su pareja, Lil. Creo que les gustaba su dureza, y parecía extraordinariamente hábil con sus patas. De manera que Lyze la presentó al herrero ermitaño de la isla del Ave Oscura.

—¿Cuándo decidieron venir al Gran Árbol?

—En realidad quien tuvo la idea fue uno de los hermanos glauxianos. Consideraba que Lyze poseía tantos conocimientos que era una lástima que permanecieran encerrados en un retiro. No había jóvenes allí. Presentía que Lyze podía ser un maestro innato. Así pues, le aconsejó que fuera al Gran Árbol Ga'Hoole, donde siempre había polluelos a los que enseñar. Lyze dijo que lo haría, pero añadió que jamás volvería a adiestrar a un ave para luchar, que no volvería a tocar nunca un par de garras de combate. De manera que vinimos aquí. También yo hice un juramento de paz. —Octavia guardó silencio durante unos largos segundos—. Pero ¿sabéis?, creo que ha llegado la hora de romperlo. Haré lo que sea para rescatar a mi querido maestro.

CAPÍTULO 14

El sueño de Eglantine

Cuando Octavia concluyó su extraordinario relato, todos estaban anonadados y nadie habló. Era demasiado para asimilarlo. Soren, Digger y Gylfie regresaron a su hueco. La primera oscuridad ya había pasado, y Twilight y Eglantine habían dormido más de la cuenta. Ahora se preparaban para la práctica nocturna de su brigada.

—¿Dónde habéis estado? —preguntó Twilight con recelo.

—No hay tiempo para explicarlo en este momento —contestó Gylfie.

—Os lo contaremos todo más tarde —dijo Soren, y se volvió a mirar a Eglantine. Estaba un poco paliducha. Sus ojos negros, normalmente brillantes, parecían apagados—. ¿Te encuentras bien, Eglantine?

—No he descansado mucho. He tenido pesadillas, creo; pero en realidad no me acuerdo de ellas.

Los cinco salieron hacia sus diversas clases. Las aves jóvenes tenían la obligación de asistir a todas las clases, aunque no pertenecieran a esa brigada concreta. Aquella noche, sin embargo, los amigos estaban bastante distraídos y, en navegación, Soren estuvo a punto de chocar contra Primrose.

—¡Soren, presta atención, por favor! —ululó Strix Struma—. ¡Demasiados festejos de la cosecha, creo!

Y produjo un chasquido con el pico.

En el comedor, una vez terminadas las clases ya cerca del amanecer, Soren, Gylfie, Digger, Twilight, Primrose y Eglantine se congregaron a la mesa de la Señora P.

—Me extenderé más —propuso la Señora Plithiver—, por si queréis invitar a algunos amigos.

—Oh, no se preocupe, Señora Plithiver —respondió Gylfie—. Ya estamos bien los seis.

Pero en realidad no estaban bien. Gylfie, Soren y Digger se mostraban muy callados. Eglantine estaba inquieta; Twilight presentía que se había perdido algo importante, lo mismo que Primrose. Soren pensó que habría sido mejor invitar a algunas aves más, incluso a Otulissa. Una habladora incansable como ella habría hecho que la situación fuese más llevadera. El desayuno era delicioso: gachas de nueces de Ga'Hoole cubiertas de almíbar de orejas de ratón de la nueva cosecha, ratones asados y orugas empapadas en un dulce jugo hecho de bayas orondas. Sin embargo, nadie parecía tener mucha hambre. De hecho, estaban dispuestos a acostarse tan pronto como los primeros rayos del sol asomaran sobre el horizonte. Pero antes, por supuesto, tendrían que ir a enterrar egagrópilas para Dewlap. Quedaba sólo un día para haber cumplido su fregona de pedernal. No pasaría lo bastante rápido.

Pronto estuvieron todos dormidos dentro del hueco. Pero Soren, incluso en sueños, podía percibir la agitación de su hermana mientras se debatía en un tempestuoso mar de pesadillas. Luego, a eso del mediodía, cuando el sol alcanzaba su punto más alto, un chillido terrible hendió el aire del hueco. Un pequeño tornado de suaves plumas se elevó en espiral del cuerpo dormido de Eglantine.

Soren llegó inmediatamente a su lado.

—No es más que una pesadilla, Eglantine, una pesadilla. Estás en el Gran Árbol, a salvo en el hueco conmigo, con Twilight, Digger y Gylfie. Estás completamente a salvo.

Eglantine extendió una pata para tocar a Soren como si quisiera cerciorarse de que su hermano era real y no estaba soñando.

—Soren —dijo con voz temblorosa—. Sabía que esos muros de piedra que describiste, donde la herrera ermitaña tenía su fragua, me recordaban algo.

—¿Qué? —preguntó Soren despacio.

—¿Te acuerdas de la mica que Mags la comerciante trajo el verano pasado? Cuando la vi, me recordó algo también. Fue después de eso que salí de mi... de mi...

—Estado —añadió Gylfie pausadamente.

—Sí, Gylfie. Después de eso volví a reconocer a Soren. Pues bien, acabo de soñar con piedras, y eso me ha ayudado a recordar algo más.

—¿Recordar qué? —susurró Soren.

Los cuatro amigos aguardaron en tensión.

—Ahora sé dónde nos retuvieron a todos los polluelos de la Gran Caída.

—¿Dónde?

Soren estaba frenético. Durante meses Boron y Barran habían intentado desentrañar el misterio de la Gran Caída. ¿Dónde habían estado antes esos polluelos? ¿Por qué habían caído en un campo abierto, lejos de cualquier hueco o nido? Los propios polluelos estaban tan confusos y perplejos que no pudieron dar respuesta a ninguna de sus preguntas. De hecho, durante los primeros días, las únicas palabras que pronunciaban con su extraño sonsonete eran cánticos misteriosos sobre la pureza de Tytos. Todos los jóvenes rescatados en la Gran Caída eran lechuzas comunes, y el nombre oficial que designaba la familia de las lechuzas comunes era Titónidos, o Tytos para abreviar. Aunque finalmente descansaron y recuperaron la salud, ninguno de esos polluelos pudo recordar qué les había sucedido.

Eglantine abrió ligeramente el pico como si se dispusiera a hablar y cerró los ojos con fuerza. Siguió un prolongado silencio.

—Me viene en fragmentos. Cuando el verano pasado vi ese delgado trozo de piedra de colores, la mica, y la luz de la luna a través de él, y oí el sonido del arpa, recordé cuánto detestaban la música ellos.

—¿Ellos? ¿Quiénes son ellos?

Twilight se inclinó hacia delante, irguiéndose sobre Eglantine.

—Bueno, casi todos eran lechuzas comunes como nosotros..., pero también había algunas lechuzas de campanario, algunas tenebrosas y unas pocas enmascaradas.

—Sí —dijo Soren despacio—. Ahora trata de contarnos más, Eglantine.

—Bueno, detestaban la música. Estaba prohibida.

—¿Por qué?

—No estoy segura, pero por alguna razón todos ansiábamos oír música. Decían que no lográbamos entenderlo.

—¿A qué se referían con eso? —preguntó Gylfie.

—No lo sé.

Eglantine ladeó la cabeza rápidamente en una dirección y después en la otra, como solían hacer las lechuzas jóvenes cuando estaban confusas o angustiadas.

—¿Recuerdas algo sobre el lugar en el que estabas o cómo llegaste allí? —insistió Soren.

—En realidad no.

—¿Era un bosque? —preguntó Digger.

—No.

—¿Era un pozo profundo de piedra? —sugirió Gylfie, recordando la lúgubre prisión pétrea de San Aegolius que se extendía a través de barrancos y desfiladeros rocosos sin un árbol ni una brizna de hierba.

—Había piedras. Definitivamente había piedras como las de la fragua de la herrera ermitaña de Velo de Plata, todas cuidadosamente talladas y apiladas en muros.

Eglantine parpadeó, y volvió a hacerlo como si tratara de ver una imagen borrosa, descolorida y llena de sombras.

De repente, Soren tuvo una idea. El verano anterior Eglantine había empezado a temblar, a ponerse histérica, y luego había recordado quién era al ver el fragmento de mica sobre la tela de Mags la comerciante. La sola visión de aquel mineral la había rescatado de su ensimismamiento. Y entonces todos los polluelos de la Gran Caída se pusieron a gritar al oír la música, porque justo en ese momento Madame Plonk acababa de comenzar el ensayo de arpa. Las lechuzas de la Gran Caída se habían vuelto locas al oír aquellos sonidos. Y eso pareció reanimarlas.

—Gylfie. —Soren se dirigió a la pequeña mochuelo duende—. ¿No tendrás un poco de mica de Mags la comerciante?

162

—Sí, iba a hacer con ella un giravidrio, pero no he tenido tiempo. Aunque está casi toda ensartada, todavía no la he colgado.

—¿Me dejas un fragmento sólo un momento? —preguntó Soren.

—Claro —respondió Gylfie.

Justo cuando Soren cogía un cordel con relucientes trocitos de mica, el sol del mediodía irrumpió en el hueco. Eglantine se volvió, dio un respingo y fijó su mirada en los trozos de vidrio que Soren sostenía. Poco a poco, las manchas coloreadas de luz motearon el aire y los colores danzaron sobre la cara blanca de su hermano.

—Te pareces a las ventanas de vidrios de colores del castillo —observó Eglantine en voz baja.

—¡Un castillo! —exclamaron los cuatro amigos.

—Sí —dijo Eglantine—. Cuando llegamos allí nos pareció muy hermoso, aunque estaba en ruinas, con muchos de los muros derrumbados y sólo partes de otros en pie, pero pronto aprendimos. —Eglantine hablaba ahora con voz soñolienta, como si hubiera entrado en trance—. Era hermoso pero también había fealdad. Se hacían llamar los Puros y, al principio, parecían bondadosos. Querían enseñarnos a adorar a Tytos porque decían que éramos las más puras de todas las lechuzas; por eso entonábamos cánticos de alabanza. Pero no se parecía en nada al modo en que mamá y papá nos contaban historias, Soren. No, para nada. Quiero decir, ¿recuerdas cuando mamá intentaba tararear una cancioncilla y casi cantaba? Nosotros no podíamos hacer eso. Los Puros no querían tener nada que ver con la música; creían que ésta era como un veneno.

Soren se acordó de San Aegolius, donde se consideraba que las preguntas eran un veneno y se reservaban los peores castigos para quienes las formulaban.

—Pero el peor era aquel al que llamaban Sumo Tyto —continuó Eglantine—. Nunca hablaba demasiado. Pero daba mucho miedo. Llevaba una especie de máscara, y decían que le habían arrancado el pico en una batalla.

Entonces Eglantine cayó en la cuenta de lo que acababa de decir y perdió el conocimiento.

—¡Pico de Metal! —susurraron todos, aterrorizados.

Gylfie se puso a revolotear de inmediato sobre Eglantine, levantando ráfagas de aire sobre su cara para reanimarla. También Twilight lo intentó, pero sus alas agitaban el aire de forma tan violenta que Eglantine prácticamente se levantaba del suelo del hueco.

Eglantine abrió los ojos y parpadeó.

—¡Ay, Glaux! Me he desmayado, ¿verdad?

Entonces miró a Soren mientras se levantaba sobre sus patas con esfuerzo.

—Tranquilízate, pequeña —dijo Twilight—. Sólo ha sido un susto.

—No pasa nada; estoy bien, muy bien. Ya me siento mucho mejor. Pero imagináoslo: me encontré cara a cara con Pico de Metal. Ahora lo voy recordando todo. Era él el que más odiaba la música. La consideraba impura. De hecho, creía que cualquier ave rapaz nocturna que no fuese una *Tyto alba* no era completamente pura. Ordenaba que las lechuzas de campanario, las tenebrosas y las enmascaradas se ocuparan de los peores trabajos. Ah, sí, y antes de que pudiéramos llegar a ser verdaderos miembros del Camino de la Pureza, tuvimos que dormir en criptas de piedra con los huesos de los viejos Tytos a los que llamaban los Más Puros.

—¿Los Más Puros? —repitió Soren, perplejo.

Gylfie había estado muy callada, pero cuando oyó decir que encerraban a los polluelos en criptas de piedra, empezó a hablar.

—Creo que hicieron a Eglantine con piedra lo que las aves de San Aegolius nos hicieron a nosotros con la luna llena.

Gylfie se refería al horrendo procedimiento de exposición a la luz lunar al que sometían a los polluelos de San Aegolius: los obligaban a dormir con la cabeza directamente expuesta a la luz abrasadora de la luna. Eso les alteraba la molleja y parecía aniquilar su voluntad, junto con todas las características individuales que definían la personalidad de un ave rapaz nocturna.

Gylfie siguió hablando.

—A ellos, en cambio, los sometían con piedra.

Creo que he oído hablar de ello. En el desierto de Kuneer hay una serie de desfiladeros profundos y sin salida, un laberinto en realidad, y si uno se extravía en ellos la piedra puede afectarle el cerebro. Las aves que consiguen volver, lo hacen en un estado un poco raro; regresan mal de la cabeza.

Pero había algo más que Gylfie sentía en su molleja; no obstante, no lo mencionó. Estaba casi convencida de que los huesos que había en esas criptas no eran de otras lechuzas, sino de los Otros. Sin embargo, esa idea era demasiado escalofriante, demasiado aterradora para expresarla en voz alta.

Soren fijó su mirada en el ala de Eglantine, donde había sufrido la herida más grave durante la Gran Caída. Las plumas habían vuelto a crecerle, pero de manera desigual. Se sintió lleno de odio hacia ese depravado Pico de Metal.

—No puedo creer el daño que te hizo, Eglantine. Hace que desee matarlo. No me extraña que los espectros de mamá y papá me advirtieran.

—Tú no lo entiendes, Soren. No fueron las lechuzas Tyto del castillo las que me hicieron eso en el ala. Sí, hicieron muchas otras cosas. Ahora empiezo a tener sensaciones en la molleja, pero fueron las otras aves, las que asaltaron el castillo y nos secuestraron. Fue así como yo y todos los demás resultamos heridos. Estuvieron a punto de llevarnos, pero las lechuzas del castillo, el Sumo Tyto y los Puros, nos siguieron.

Hubo una gran batalla cuando trataron de recuperarnos, y me caí. También cayeron muchos, porque apareció algo que los asustó a todos. Me sorprendió haber sobrevivido a la caída. Pero entonces temí que me secuestraran de nuevo. Por eso me arrastré y me escondí debajo del arbusto en el que Digger y Twilight me encontraron.

—¿Eran también lechuzas comunes las que os secuestraron? —preguntó Gylfie.

—Oh, no; eran aves rapaces nocturnas de todas clases. Había un búho común de aspecto andrajoso, y tenía un enorme claro en el ala que lo hacía volar de un modo extraño.

—¡Skench! —exclamaron Gylfie y Soren al unísono.

Skench, cuya crueldad no conocía límites, el Ablah General de la Academia San Aegolius para Lechuzas Huérfanas, tenía un claro así en el ala.

—¡De modo que eran de San Aegolius! —concluyó Soren.

Eglantine se acordaba de todo tan claramente que apenas podía dejar de hablar. Pero, entretanto, una idea se imponía en la mente de Soren. ¿Estaban más cerca de dar con Ezylryb? ¿Eglantine podía recordar dónde estaba ese castillo con sus misteriosos rituales que celebraban la pureza de las lechuzas comunes de un modo tan espantoso? ¿Ezylryb se encontraba allí, o simplemente se había extraviado? ¿Habían dominado su voluntad con piedra? ¿O acaso estaba muerto?

CAPÍTULO 15

La brigada de brigadas

En momentos difíciles, sin embargo, puede darse cierta intimidad, una especie de comunión espiritual. Nunca fue tan cierto como en el hueco de Soren y sus compañeros, Gylfie, Twilight, Digger y ahora Eglantine. Las historias que esta última contaba ejercían una fascinación peculiar sobre los cuatro amigos. Finalmente fue Digger quien preguntó:

—Eglantine, ¿recuerdas cómo era el terreno alrededor del castillo? Quiero decir, ¿era parecido a Velo de Plata o Los Picos?

—No he estado nunca en Los Picos, pero ¿a qué te refieres, Digger?

—Bueno, ¿había árboles altos, o el suelo estaba cubierto de maleza, con arbustos y matorrales? ¿Era tierra compactada, árida, o quizás arenosa como la de un desierto?

—Oh, nada de eso, diría yo. No lo recuerdo exactamente, porque apenas nos dejaban salir. Aunque desde los muros en ruinas pude vislumbrar los alrededores. No nos permitían volar alto. Aun así, creo que había hierba. Y solían hablar de un prado. Pero no creo que hubiera árboles grandes ni árboles con hojas, porque me acuerdo de mis primeros días de vida en el hueco de nuestro abeto. ¿Recuerdas, Soren, que se oía el viento a través de las hojas de los árboles vecinos? No, allí sólo oíamos el aullido del viento alrededor de las esquinas de piedra del castillo.

—Bueno, eso resulta útil —afirmó Digger, pensativo.

—¿Por qué? —preguntó Gylfie.

—Sólo estaba pensando, nada más.

Se produjo un tenso silencio en el hueco.

También Soren pensaba. Naturalmente, Digger estaba interesado en el suelo. Digger conocía bien la tierra: qué clase de plantas crecían en ella, la calidad de cada tipo de suelo. Se había convertido en uno de los mejores miembros de la brigada de rastreo. De hecho, cuando Soren miró a su alrededor se dio cuenta de que dentro de aquel hueco se encontraba lo mejorcito de todas las brigadas.

—Eglantine —dijo Soren—, ¿recuerdas cuánto tiempo volaste antes de que te abatieran?

—No mucho, creo.

Siguió otra pausa.

—Eglantine, ¿crees que existe alguna posibilidad de que nos lleves hasta ese castillo? Estoy pensando que ya han pasado más de dos meses desde que Ezylryb desapareció. Se han mandado infinidad de grupos de búsqueda, pero hasta ahora en vano. De hecho, Boron supuso que era eso lo que hacíamos cuando fuimos a Velo de Plata. Indirectamente así era, si bien en realidad fuimos a averiguar más cosas sobre Pico de Metal. Bueno, ¿qué nos impide tratar de encontrar a Ezylryb? Entre nosotros... —Soren se interrumpió y miró a su alrededor—. Podríamos formar una brigada excelente.

—¿De qué estás hablando, Soren? —quiso saber Gylfie.

—Gylfie, tú eres la mejor navegadora a la que Strix Struma ha enseñado nunca. La oí decirlo a Barran. Digger, tú sabes rastrear como nadie, y Twilight, tú sabes luchar... —Soren bajó la voz—. Si hay necesidad de ello. —Al oírlo, Twilight se hinchó, ilusionado—. ¿No os dais cuenta? —continuó Soren—. Tenemos los elementos necesarios para formar una gran brigada..., la mejor de todas.

—A ver si lo entiendo —dijo Gylfie. La pequeña mochuelo duende se acercó a Soren hasta situarse directamente bajo su pico—. ¿Estás proponiendo que emprendamos la búsqueda de Ezylryb por nuestra cuenta y riesgo? ¿Sin instructores, sin adultos?

—Eso es exactamente lo que propone, Gylfie —silbó Twilight—. Por Glaux bendito, fuimos a Velo de

171

Plata nosotros solos. Dimos con la herrera ermitaña. Ella nos dio la primera pista auténtica, en cierto modo, sobre Pico de Metal. —Twilight hizo una pausa y movió la cabeza respetuosamente hacia Soren—. Bueno, después de la advertencia de los espectros de tu mamá y tu papá.

—Bien, en este caso... —La voz de Gylfie se convirtió en un susurro. Soren estaba nervioso. Si no contaba con el apoyo de Gylfie, no podría hacerlo—. En este caso, Soren, tú debes ser nuestro jefe.

Todos los presentes en el hueco asintieron con la cabeza. Soren estaba anonadado. No sabía qué decir. Finalmente habló.

—Yo he urdido el plan, eso es cierto. Pero el plan no serviría de nada sin todos vosotros. Vuestra confianza en mí me ha conmovido en la molleja. Haré todo lo que pueda por el grupo.

—¡Soren! —Otulissa entró repentinamente en el hueco—. Yo también quiero ir. —La entrometida cárabo manchado había estado posada en una rama en el exterior del hueco. Los ojos amarillos de Otulissa estaban nublados por las lágrimas—. Ezylryb hizo que creyera en mí misma y no sólo en mi... en mi... —Era la primera vez que a Otulissa le faltaban las palabras—. Ya sabes cómo era antes de unirme a la brigada. Ezylryb hizo que creyera que podía hacer cosas porque era yo misma, no sólo porque era una cárabo manchado. Detesto esa cosa de la que hablabais antes.

—¿Qué cosa? —preguntó Soren.

—El cuento ese de la pureza, de que las lechuzas comunes son más puras y mejores. El orden de aves rapaces nocturnas más antiguo, aquel del cual todos nosotros descendemos, tanto si somos lechuzas comunes, búhos nivales, cárabos manchados o lo que sea, esas primeras rapaces nocturnas se llamaban todas Glaux. Y cada uno de nosotros conmemora el espíritu de Glaux. Mi mamá me lo dijo, y es cierto. Porque, de hecho, con esa antigua orden se originó un tipo de ave especial. Como rapaces nocturnas, debemos nuestra singularidad, nuestra facultad de volar silenciosamente, de ver en la oscuridad o en la noche, de girar la cabeza casi por completo, a aquellas primeras aves. Y ya sabéis, de haberlo aprendido en las clases de navegación, que llamamos a nuestra constelación más grandiosa, que luce durante todo el año, el Gran Glaux. Pero a las aves de las que hablaba Eglantine no les bastaba con eso. Quieren destruir a todas las demás.

Los miembros de la banda se quedaron consternados por el elegante discurso de Otulissa. Soren pensó que debía de haber escuchado a escondidas en más de una ocasión para enterarse de todo aquello. Ahora Otulissa casi lloriqueaba por la emoción. Era la escena más impropia de aquella cárabo manchado que cualquiera de ellos hubiera presenciado nunca.

—Esto me parece muy importante. Ya me cono-

173

céis, no soy una sentimental, pero... pero... No puedo explicarlo; aun así, tenéis que dejarme participar.

—¡Desde luego! —exclamó Soren.

Otulissa era muy inteligente y, además, era de todos ellos la más sensible a los cambios de presión atmosférica. Había demostrado su inestimable valor en la brigada del tiempo.

¡Aquélla iba a ser la mejor de las brigadas! De hecho, ¡sería la brigada de brigadas!

CAPÍTULO 16

El santuario vacío

Habían elegido para marcharse una noche en la que no hubiese clases ni prácticas de brigada, pero además tuvieron la precaución de abandonar el árbol de dos en dos o de tres en tres al caer la primera oscuridad. Luego, nuevamente, alzaron el vuelo desde los acantilados, donde nadie los vería. Y todos, hasta el más pequeño, llevaban puestas garras de combate. Las habían birlado del arsenal de la fragua. Bubo se había ausentado, de modo que no hubo ningún problema. Twilight había salido por la mañana temprano, las había cogido de la fragua y las había dejado en los peñascos de los acantilados.

Soren había insistido en practicar con las garras, pues ninguno de ellos estaba acostumbrado a volar con ellas. Eglantine no se las había puesto nunca.

—Debes utilizar mucho más la cola como timón,

Eglantine. No tienes el mismo equilibrio que antes, ¿sabes? —gritó Soren mientras observaba cómo su hermana se elevaba desde los acantilados describiendo una línea irregular.

—Ya aprenderá —afirmó Twilight.

Pero Soren no estaba tan seguro. Eglantine todavía le parecía muy frágil. ¿Estaba preparada para aquello? Ella era la única capaz de reconocer el castillo en ruinas en el que había estado encerrada. Pero entonces, de repente, dio la impresión de que su vuelo se nivelaba.

—¡Eso es! ¡Eso es! —la animó Soren.

Las alas de Eglantine se equilibraron hasta mantenerse en un plano horizontal.

—¡Uf!

Soren sopló, aliviado. Sin embargo, le preocupaba estar haciendo todo lo contrario de lo que Ezylryb había jurado que no volvería a hacer nunca. Soren no sólo usaba garras de combate, sino que además armaba con ellas a una joven lechuza inocente. Entonces pensó en Octavia y en las palabras que les había dicho en la misma cámara en la que las viejas garras de Ezylryb colgaban oxidadas, pero no olvidadas. «También yo hice un juramento de paz. Pero ¿sabéis?, creo que ha llegado la hora de romperlo. Haré lo que sea para rescatar a mi querido maestro.»

Soren sabía que había llegado el momento. Si existía alguna posibilidad de rescatar a Ezylryb, debían aprovecharla ahora, antes de que llegara el invierno.

No tenían alternativa. La primera ventisca se presentaría cualquier día de ésos, y para entonces podía ser demasiado tarde. Soren ordenó a Eglantine que regresara al acantilado. Entonces se plantó delante de la brigada y habló en voz baja pero firme, y no vaciló en dar la orden de partida.

—Posiciones de vuelo. Listos para volar. ¡Despegad!

Y los seis amigos se elevaron en la noche.

El plan consistía en volver primero al lugar en el que Eglantine había sido encontrada, en el Reino del Bosque de Ambala. Entonces intentarían de algún modo, con la ayuda de Eglantine, llegar hasta las ruinas del castillo y, con un poco de suerte, hasta Ezylryb. Mientras volaban, Soren se preguntó cómo harían, en caso de localizar el castillo y si Ezylryb estaba allí, para rescatarlo. Quizá no debería plantearse las cosas con tanta antelación. Cuando llegaran, tal vez se le ocurriría un plan. Lo primero era alcanzar su destino, aquel lugar horrible donde se obligaba a las jóvenes lechuzas a dormir con los huesos de los llamados Más Puros, fuera lo que fuese lo que significaba aquello.

En ese momento Twilight volaba a la cabeza de la formación y Digger lo hacía por debajo, ya que eran los únicos que conocían el territorio en el que Eglantine había sido encontrada.

—Estamos en Ambala y nos acercamos a la zona de la Gran Caída —anunció Twilight a Digger.

El mochuelo excavador inició de inmediato un picado hacia el suelo. Gylfie empezó a planear por encima de él.

Twilight se volvió hacia Soren y asintió con la cabeza. Ése era el lugar. Soren levantó la vista y descubrió la Estrella que Nunca se Mueve.

—Gylfie, localiza nuestra posición entre Nunca se Mueve y la primera estrella de la constelación de Gran Glaux.

Cuando Gylfie hubo determinado la posición, todos empezaron a descender en círculos excepto Twilight. Éste siguió planeando, atento a la presencia de cualquier otra ave en la zona. Luego, con Digger y los demás, intentarían retroceder desde el lugar en el que habían encontrado a Eglantine y reconstituir el trayecto hasta las ruinas del castillo.

Se posaron en el lecho seco del arroyo.

—Bueno, tal como esperaba, las huellas han desaparecido —observó Digger—. Sin embargo, recuerdo el sitio en el que las vi por primera vez.

—Empecemos por el arbusto en el que la encontraste, Digger.

Caminando a grandes zancadas, el mochuelo excavador llegó allí en un abrir y cerrar de ojos. Los demás lo siguieron.

—¡Caramba! —exclamó Eglantine—. Éste es el lugar, sin duda. No lo olvidaría. Me pareció estar aquí una eternidad.

—Ahora, Eglantine —dijo Digger—, sigue el lecho de ese arroyo y trata de recordar dónde te caíste.

No habían volado más de un minuto.

—¿Crees que fue aquí? —preguntó Digger, pues era allí donde había descubierto sus huellas.

—No, creo que fue más lejos. Estaba bastante húmedo.

Volaron durante unos minutos más.

—¡Aquí! ¡Aquí! —gritó Eglantine repentinamente. Se posó. Se oía el borboteo de un riachuelo muy pequeño, de apenas unos centímetros de profundidad—. ¡Me acuerdo de esa roca! —Levantó una pata y señaló—. Recuerdo que pensé: «Suerte que no he caído allí.»

—¡Bien! ¡Bien! —dijo Soren—. ¡Preparaos para volar! Describiremos por lo menos tres círculos en el aire, y tú, Eglantine, trata de percibir de qué dirección llegaste.

—Oh, no lo sé, Soren. Eso va a resultar difícil. Estaba muy asustada, y había mucha confusión. Me refiero a que se libraba una batalla allí arriba.

—Haz todo lo posible, Eglantine. Eso es lo único que puedes hacer. Si es necesario, saldremos volando en todas las direcciones desde este sitio... Gylfie, tú eres navegadora; toma nota de nuestra posición.

Eglantine no se acordaba, y emprendieron el lento procedimiento de salir volando en todas las direcciones.

Para las aves rapaces nocturnas, la noche no es únicamente negra; de hecho, existen capas de oscuridad de varias densidades. Unas veces la negrura es tupida, de un negro viscoso inalterado por la luz de las estrellas o la luna; otras veces el negro es tenue, oscuro pero con un matiz casi transparente. Tiene que ver con el brillo y la posición de la luna en el firmamento, de las constelaciones que salen o desaparecen y las características del suelo: si la tierra está recubierta de bosques o es árida y pedregosa. Así como Twilight era un experto en distinguir entre la engañosa escala de grises del anochecer y el amanecer, Soren tenía habilidad para «leer la negrura» de la noche.

—Negro entre tenue y tupido —anunció mientras sobrevolaban una zona escasamente arbolada.

Media hora más tarde, cuando volaban en otra dirección, dijo:

—Negro de agua pasando a crujiente.

—¡No! —exclamó Eglantine—. Sé que en ningún momento volamos sobre agua.

Los amigos se ladearon bruscamente y regresaron a sus posiciones iniciales. Cuando se instalaron en las ramas de un árbol, Gylfie tuvo de pronto una idea brillante.

—Si esos pajarracos sólo querían lechuzas comunes, principalmente *Tytos alba*, ¿no es lógico que su castillo se encuentre en Tyto o muy cerca de alguna de sus fronteras? Más concretamente, la frontera que comparte con Ambala, que es muy pequeña.

De modo que partieron en dirección a la frontera entre Ambala y Tyto. Soren pidió a Otulissa que fuese a reconocer el terreno. Ésta no tardó en regresar e informó de la existencia de un prado.

—Se encuentra en la parte de donde sopla el viento y al oeste, pero he avistado un incendio forestal un poco al noroeste. Yo diría a unos dos puntos de la segunda estrella del Gran Glaux. Creo que no debemos preocuparnos por el viento en esa dirección.

—Buen trabajo, Otulissa —dijo Soren.

Pronto los muros del castillo en ruinas despuntaron, envueltos en la neblina del amanecer. Únicamente una torre se había conservado entera. Las demás se habían derrumbado, de modo que eran sólo un poco más altas que los muros del castillo. Una tranquila bruma se extendía sobre el prado de abajo.

—Será mejor que nos instalemos en esa pequeña arboleda —sugirió Soren—. Tengo el presentimiento de que puede haber cuervos rondando.

Desde sus perchas en un aliso, los seis amigos tenían una buena vista sobre el castillo. Soren se dijo que debía de haber sido hermoso en sus tiempos, y aun en su estado ruinoso, podían verse dos vidrieras en el muro este que todavía se mantenía en pie. Un bordado de hiedra y musgo trepaba sobre las piedras.

—Parece distinto —comentó Eglantine al cabo de unos minutos.

—¿En qué sentido? —preguntó Soren.

—Bueno, está muy tranquilo.

—Pero es casi plena mañana. Seguramente duermen.

—Ya lo sé, pero en plena mañana acostumbra haber cambio de guardia. Por eso dije que teníamos que llegar justo antes del alba..., exactamente a la hora media. La torre no tiene vistas al este y a la hora media cambia la guardia, por lo que no corremos ningún peligro. Aun así, debería poder ver el cambio de guardia, ya que el centinela suele describir un círculo alrededor de la torre al marcharse.

—No he visto ninguna lechuza describiendo círculos —terció Twilight.

—Y habitualmente los cazadores salían a capturar unos cuantos ratones en el prado. Justo después de la hora media es el mejor momento para cazarlos —agregó Eglantine.

Aguardaron un buen rato más. Finalmente, Eglantine soltó un suspiro.

—Creo que hay algo muy extraño. Está demasiado tranquilo. Mirad, ¿veis aquel ciervo subiéndose al muro este? Eso no ocurriría si las lechuzas estuvieran allí... De todos modos, no quisiera equivocarme; es decir, no quisiera que entráramos y entonces nos atacaran.

Soren había estado pensando lo mismo. Tuvo una idea.

—Gylfie, ¿crees que podrías atravesar la hierba de ese prado sin enredarte y echar un vistazo más de cerca?

Ella lo miró desconcertada.

—Desde luego. Oye, Soren, con el debido respeto, puede que vuele ruidosamente en comparación con algunos, pero soy capaz de moverme a través de esa hierba como una serpiente nodriza entre las cuerdas del arpa.

Los mochuelos duende y chicos, aun siendo bastante pequeños, eran considerados como voladores ruidosos porque las plumas de sus alas no tenían los extremos desflecados, con lo que no amortiguaban bien el sonido de su vuelo.

—Bien. No he dudado en ningún momento de tus aptitudes, de veras. Bueno, ¿por qué no te acercas a echar una ojeada? Pero ten cuidado. Vuelve al menor indicio de peligro.

Gylfie se marchó antes de que pudieran desearle suerte.

—Glaux bendito. —Otulissa suspiró—. Fijaos en ella. Tal vez sea ruidosa, pero la hierba apenas se mueve mientras atraviesa el prado.

Gylfie estuvo de vuelta en menos de un cuarto de hora.

—Está vacío. Completamente desierto.

—¿Ni rastro de Ezylryb? —inquirió Soren.

—Ninguno, que yo haya visto.

—Entonces será mejor que vayamos a echar un vistazo. —Soren se interrumpió momentáneamente y miró hacia el castillo—. Muy bien. Lo mejor será que vayamos todos juntos en formación cerrada, por si hay cuervos. Al primer indicio de esos pajarracos, nos mantendremos muy juntos. Somos seis. No creo que se atrevan a atacarnos.

Un tordo silbó bajito en una galería cuando los amigos se posaron en las frías sombras del muro más alto de las ruinas del castillo. Había en aquel lugar cosas que Soren no había visto nunca, cosas que no estaban en los bosques, en los prados, en los desiertos ni en los desfiladeros. Vieron un inmenso objeto dorado pero deteriorado al que Eglantine llamó trono, donde afirmó que se posaba el Sumo Tyto. También había fragmentos de columnas de piedra con estrías talladas.

—¿Qué es eso? —preguntó Soren, al tiempo que señalaba con la pata una alta percha de piedra con unos peldaños también de piedra que subían hasta ella.

—Pues... —respondió Eglantine con vacilación— desde ahí el Sumo Tyto nos hablaba a menudo cuando no estaba posado sobre el trono.

—¿El Sumo Tyto? —dijo Soren—. ¿Te refieres a Pico de Metal?

—Sí. A veces lo llamaban «Su Pureza», pero nunca Pico de Metal.

—¡Glaux bendito, me dan ganas de chasquear el pico! —gruñó Twilight—. El cuento ese de la pureza es mortalmente aburrido.

Soren pensó que Twilight tal vez no se daba cuenta de hasta qué punto eran ciertas sus palabras.

—Pero sé que aquí no hay nadie —prosiguió Eglantine—. Por ese tordo que hay en la galería. No se permitía entrar a nadie aquí.

Eglantine guardó silencio, mirando en todas las direcciones. Le costaba trabajo creer que volviera a estar allí, y encima con su querido hermano, lo cual le resultaba más extraño todavía.

En ocasiones se preguntaba qué habría sido de Kludd, y tenía un mal presentimiento con respecto a él, pues le parecía que había podido tener algo que ver con su caída, lo mismo que con la de Soren, si bien no estaba del todo segura. Cuando ella se cayó, Kludd revoloteaba por todas partes, aunque debía permanecer en el hueco del árbol con ella mientras sus padres estaban fuera cazando. Él le hizo jurar que no contaría nunca que la había abandonado. Una noche, Kludd regresó cubierto de sangre. Eglantine no tenía la menor idea de dónde había estado, pero cuando sus padres volvieron su hermano contó una mentira. Dijo que un zorro había estado merodeando al pie del abeto y que él pensó que podría cazarlo. Su padre se enfureció.

185

—Podrías haber hecho que te matara, Kludd.

—Bueno, no era más que un zorro pequeño. Quería hacer algo bueno por ti y mamá.

Era todo mentira.

—¿Qué es esto? —preguntó Gylfie.

Estaba posada en un hueco de madera.

Eglantine tragó saliva.

—El santuario. Así lo llamaban, ¡pero está vacío!

Gylfie inclinó la cabeza a un lado y a otro. Seguidamente la giró hacia atrás hasta casi tocar con su pico las plumas que tenía entre la parte superior de las alas.

—¡No hay duda de que lo está!

—¡Y han desaparecido!

—¿Qué ha desaparecido? —preguntó Soren.

Era evidente que Eglantine estaba muy inquieta.

—Las Pepitas Sagradas del Santuario Más Puro.

—¡Pepitas! —exclamaron Soren y Gylfie, horrorizados.

Pepitas..., ¡como las de San Aegolius!

CAPÍTULO 17

Un ave confundida

En una enorme pícea, el viejo autillo bigotudo cerró sus siete dedos con fuerza alrededor de una rama delgada. Tenía la cabeza tan confusa que lo único que podía hacer era concentrarse lo suficiente para permanecer asido a la rama. Estaba desorientado por completo desde que había cruzado en vuelo el riachuelo situado en el límite del Reino de Tyto. Habría jurado que se dirigía hacia el norte, pero ninguna estrella parecía correctamente alineada. Veía las Garras Doradas, tan hermosas en esa época del año, invertidas en el firmamento. Y cuando creyó que se ladeaba para virar hacia el este, en lugar de volar hacia el resplandor del sol naciente del amanecer se encontró encarado a la oscuridad del oeste. Supo que tal vez se estaba volviendo loco cuando, durante una fracción de segundo, pensó: «Bueno, quizás el sol sale por el oeste.» Y entonces se dio cuenta de que había estado volando en círculo durante varios días. Finalmente agotado, se había posado sobre la rama de una pícea, tan confundido que apenas podía cazar. Por fortuna allí abundaba el alimento, o de lo contrario habría muerto de hambre. Pero el verano había dado paso al otoño y éste pronto sería ahuyentado por los primeros vientos gélidos del invierno. Supuso que moriría de inanición. «Nunca se pueden prever estas cosas», pensó. Siempre se había imaginado que se vería atrapado en el ojo de un huracán y daría vueltas y vueltas hasta perecer, o sería tragado por un tornado sin escrúpulos —de los llamados «demonios giratorios»— que asolaba la tierra y podía arrancar no sólo un par de árboles, sino un bosque entero. Incluso circulaba un relato según el cual un demonio giratorio había engullido un violento incendio forestal y lo había arrojado sobre otro bosque, que se prendió a su vez. Ezylryb bufó. «Un final apropiado para un viejo profesor de meteorología como yo.»

Cada día que pasaba, y ni siquiera sabía cuántos habían transcurrido hasta entonces, se sentía más y más confundido. No tardó en suponer que estaría demasiado confundido incluso para cazar en la reducidísima zona que aún era capaz de dominar. De modo que era así como terminaría todo. Ésa iba a ser su muerte. Se estremeció cuando una fría brisa otoñal, señal inequívoca de que ya se aproximaba el invierno, onduló sus plumas. Trató de tomárselo con filosofía. De hecho, había tenido una vida maravillosa, repleta de aventuras, libros y polluelos a los que enseñar. Había sido un sabio, un ave rapaz nocturna realmente buena que se divertía con un par de chistes verdes. Había conocido el peligro, sí, y también el sufrimiento. Cerró los ojos y una lágrima se deslizó de ellos al pensar en su querida Lil. Pero había tratado de ser útil y servir, esperaba, con generosidad. «Ahora —reflexionó—, en pleno invierno de mi vida, estoy al borde de otro invierno, el último.»

Ezylryb intentó imaginarse qué echaría más de menos. Quizá la paz del amanecer, el momento de la hora media, que pendía como una joya centelleante entre el gris de la noche y el rosa de una nueva mañana. Los jovencitos..., sí, sin duda, los polluelos que, a lo largo de los años, había llevado a su brigada y a los que había enseñado a navegar bien en toda clase de condiciones meteorológicas. El tiempo, también le gustaba el tiempo. Supuso que era eso lo que no le agradaba de aquel desenlace concreto. No era un demonio giratorio, ni tampoco el ojo de un huracán. En realidad resultaba bastante humillante perecer tambaleante y confundido en un bosque que creía conocer muy bien.

CAPÍTULO 18

Regreso a una pesadilla

La vieja y espantosa canción de San Aegolius empezó a aflorar en la mente de Soren y Gylfie:

> *Analizaremos cada egagrópila con fervor.*
> *Quizás hallemos una uña de roedor.*
> *Y jamás nos cansaremos*
> *en la tarea que realicemos*
> *ni trabajaremos con desazón.*
> *Y esas pepitas brillantes del centro,*
> *que nos alegran el corazón,*
> *serán siempre el mayor misterio.*

Era la canción que Soren y Gylfie se habían visto obligados a entonar mientras trabajaban en el granulórium de San Aegolius. Ahora comenzaba a atronarles en silencio en la cabeza mientras se encontraban en las ruinas del castillo y miraban al santuario vacío. Las terribles palabras de Eglantine, «las pepitas sagradas», aún resonaban en sus oídos.

—¡Las pepitas! —exclamaron de nuevo Soren y Gylfie, y se miraron.

Los demás permanecieron en silencio. Finalmente el misterio de las pepitas, que no habían desentrañado nunca, empezaba a esclarecerse. La imagen de Skench irrumpiendo en la biblioteca con todas sus insignias militares volvió hasta ellos en toda su terrorífica crudeza. Habían estado a punto de levantar el vuelo desde la biblioteca, el punto más elevado del laberinto de piedra de San Aegolius, que ofrecía la mejor escapatoria, cuando Skench, el doble de su tamaño, avanzó hacia ellos, con las garras de combate extendidas, una figura espantosa y aterradora. Y entonces, de repente, sin ningún motivo explicable, fue a estrellarse contra la puerta, atraído por una fuerza increíble, y no pudo moverse. Era así como habían escapado. Ahora Soren se acordó de una de sus primeras conversaciones con Bubo sobre la razón por la que el herrero se sentía «atraído a vivir en una cueva». Evocó las palabras de Bubo: «Es una fuerza extraña y muy peculiar. Es como si al cabo de tantos años trabajando con el hierro nos hubiéramos impregnado un poco de su magnetismo, ¿sabes? El hierro es como los metales especiales. Tiene lo que llamamos un campo. Bueno, ya lo aprenderás en clase de metales, en magnetismo superior, donde todas las partes invisibles se alinean. El hierro genera esa fuerza que te atrae... Lo mismo me ocurre a mí..., me siento atraído por la propia tierra de la que proceden esas pequeñas pepitas de hierro.»

Ahora, por fin, Soren comprendió qué era esa fuerza.

—Las pepitas se guardaban en esa pared de la biblioteca —observó Gylfie.

—Sí, y Skench iba cubierto de metal —repuso Soren—. Hubo una interacción curiosa. Pero era un búho tan estúpido que no lo sabía.

—Es sencillo —terció Otulissa.

—¿Sencillo? —preguntó Digger.

—Es magnetismo superior. El segundo volumen de Strix Emerilla se centra en las perturbaciones y anomalías de los campos magnéticos terrestres. Es posible que las aves de San Aegolius no supieran qué estaban haciendo con pepitas pero, creedme, las lechuzas de este castillo saben muy bien lo que hacen.

Otulissa hizo una pausa teatral.

«¿Qué hacen?» La pregunta flotó silenciosa en el aire.

—¿Debo continuar? —preguntó Otulissa.

Era evidente que disfrutaba de sus conocimientos superiores.

—¡Sí, por Glaux bendito! —chilló Twilight, que parecía el doble de su tamaño.

De modo que Otulissa explicó cómo el cerebro de un ave rapaz nocturna podía confundirse hasta el punto de desorientarse por completo y perder la capacidad de navegar. Hablaba sin parar, empleando términos cada vez más técnicos, hasta que finalmente Soren la interrumpió.

—Eglantine, ¿cuántas pepitas sagradas había?

—Tres bolsas doradas llenas.

—¿Qué tamaño tenían las bolsas?

Eglantine lo pensó un momento.

—Oh, el tamaño de... —Titubeó antes de añadir—: La cabeza de... de un cárabo lapón —agregó, mirando a Twilight.

—Pero, si las pepitas sagradas se guardaban en este santuario, como tú lo llamas, ¿cómo se protegían las aves de aquí de las perturbaciones?

—Especialmente Pico de Metal —añadió Gylfie.

Soren no había pensado en eso, pero ¿por qué Pico de Metal no se había estrellado contra las bolsas como había hecho Skench en la biblioteca?

—No lo sé —contestó Eglantine—. Lo cierto es que nunca notamos nada. —Vaciló de nuevo—. O tal vez sí. Cuando nos obligaban a dormir en las criptas. A veces percibía un zumbido extraño en mi cabeza y me sentía muy confundida.

—¡Ajá! —exclamó Otulissa. Había volado hasta el santuario y estaba examinando las puertas que lo cerraban—. Tal como sospechaba. —Golpeó el revestimiento de las puertas con su pico—. ¡Mu!

—¿Mu? —dijeron los demás al unísono.

—Metal mu, magnéticamente muy débil. Rodead un objeto magnético con él y bloqueará el campo. Es eso lo que te protegía, Eglantine.

—Excepto cuando me metían en la cripta.

—Y eso es lo que protegía a Pico de Metal —señaló Gylfie—. Su máscara y su pico deben de estar hechos de metal mu.

—Exacto —confirmó sabiamente Otulissa.

Soren no había dicho nada. Escuchaba y pensaba.

—Había tres bolsas, ¿verdad, Eglantine?

Su hermana asintió con la cabeza.

—Pero ahora han desaparecido. —Soren se volvió hacia la cárabo manchado—. Otulissa, ¿qué ocurriría si se colocaran esas bolsas de pepitas en determinados puntos?

Otulissa se puso a temblar y, en un susurro apenas audible, respondió:

—Se formaría un Triángulo del Diablo.

—De manera que el metal mu protege de la alteración magnética. Pero ¿hay algo que pueda destruir las pepitas, el magnetismo en sí para siempre?

Otulissa asintió con solemnidad.

—¡El fuego!

—Fuego..., mu..., fuego, ¡fuego!

Soren extendió las alas y levantó el vuelo. Fue de un rincón de las ruinas del castillo a otro. Era el modo de pasearse que tenían las lechuzas como él. Volar, moverse, le ayudaba a pensar. Gylfie no tardó en elevarse.

¿Cuántas veces durante su largo encierro en San Aegolius habían conspirado y urdido planes los dos juntos? Soren experimentó el consuelo de la presencia de Gylfie mientras la mochuelo duende volaba a su lado. Los demás estaban inmóviles, exceptuando la suave oscilación de sus cabezas mientras seguían con la mirada las evoluciones de los dos amigos. Al cabo de unos minutos, Gylfie y Soren se posaron.

—¿Existe algún modo de sacar ese mu de las puertas del santuario?

—No debería ser difícil, sobre todo si es un metal blando —dijo Twilight, y fue volando hasta el hueco.

Entonces, con una fuerza que habría partido un zorro en dos, arrancó el metal.

—¡Bien! —exclamó Soren—. Ahora tenemos que dejar nuestras garras de combate y salir en busca de ese incendio que Gylfie avistó antes. Twilight, puesto que no disponemos de cubos para transportar carbón, ¿podrías doblar de algún modo una de esas láminas de metal mu para improvisar un recipiente?

—Eso está hecho, Soren.

Así pues, Soren y Gylfie habían diseñado un plan para protegerse con el metal mu. Puesto que las bolsas habían desaparecido, podía resultar muy fácil que los amigos fuesen a caer sin querer en el centro de un Triángulo del Diablo. Para más precaución, decidieron volar primero hasta el incendio forestal y recoger ascuas encendidas. Y, si se tropezaban con las bolsas de pepitas sagradas, podrían, con las brasas obtenidas del incendio, destruir la fuerza de las pepitas. Si ese triángulo existía, debían acabar con él. Constituía una amenaza para la vida de todos los pájaros: lechuzas y demás aves rapaces nocturnas, águilas, gaviotas..., incluso cuervos, por más que los detestaran. Simplemente no podía existir algo así en la naturaleza. Otulissa pensaba que, siendo tan sensible a los cambios de presión atmosférica, tal vez sería capaz de percibir el perímetro del triángulo. De modo que decidieron que Otulissa volara en la posición de la punta de la formación.

Llevaban mucho tiempo en el castillo. La luz del día empezaba a atenuarse. Pronto llegaría la primera oscuridad. Los seis amigos estaban posados sobre los bordes dentados del muro norte de la iglesia y observaban la mancha de humo de un inmenso incendio forestal que se elevaba al encuentro de la inminente negrura de la noche. Gylfie se encontraba al lado de Soren, llegándole apenas a la altura de las plumas del pecho. Eran seis, pensó Soren mientras giraba la cabeza para mirar a sus compañeros. Seis aves rapaces nocturnas fuertes y perspicaces a punto de cumplir un destino. Se habían convertido realmente en una banda que alzaría el vuelo en la oscuridad y emprendería la última parte de una peligrosa misión: encontrar a los perdidos, reparar los daños, hacer del mundo un lugar mejor y convertir cada ave en la mejor que pudiera llegar a ser. Soren sabía que era el jefe de los mejores. Y, por lo tanto, juró que, por más difícil que le resultara, haría todo lo posible no sólo por rescatar a Ezylryb, sino también por devolver a todos y cada uno de los miembros de su banda sanos y salvos al Gran Árbol Ga'Hoole.

CAPÍTULO 19

En el Triángulo del Diablo

Serían, naturalmente, Soren y Otulissa los que, en su calidad de carboneros expertos, se adentrarían en el incendio forestal para obtener las ascuas. Habían encontrado una alta cornisa de roca a favor del viento con respecto al incendio que les brindaba el mejor punto de observación. Todos se apiñaron en la cornisa y escucharon atentamente cuando Soren se puso a hablar.

—Bien, supongo que entendéis que seamos sólo Otulissa y yo los que entren en el fuego.

Twilight, Digger, Gylfie y Eglantine asintieron muy serios. No habría discusiones, ni siquiera por parte de Twilight. Todos sabían que sólo ellos dos se habían formado en ese peligrosísimo trabajo que exigía unas facultades muy por encima de lo común. Desde respirar y volar, hasta la técnica de coger un ascua encendida con el pico, Soren y Otulissa habían recibido el adiestramiento más especializado de todas las brigadas.

—Si hay algún problema, un enemigo acercándose o lo que sea..., que uno de vosotros vaya a buscarnos. Creo que debería ser Gylfie o Eglantine, porque Twilight y Digger, al ser más grandes, podrían tener que quedarse para enfrentarse al enemigo. Si uno de vosotros tiene que ir a por nosotros, debe volar en lo que llamamos la linde del fuego.

—Pero ¿y si no estáis allí cuando lleguemos?

—Uno de los dos volará siempre al acecho, vigilando al que esté en el suelo recogiendo carbones.

Deseó que Ruby estuviera allí. La lechuza campestre, siendo la que mejor volaba de todos, era especialmente hábil a la hora de capturar ascuas impulsadas por el aire. En realidad esa noche no habría nadie que ocupara ese puesto. Y cómo echaba de menos a Martin, que a menudo ejecutaba los vuelos de reconocimiento que suministraban información acerca de las dimensiones y la situación de las distintas capas ricas en carbón. Además de eso, Martin era muy bueno encontrando «luciérnagas». Una «luciérnaga» era un determinado tipo de ascua especialmente apreciado por Bubo para su fragua. Nadie tenía la menor idea de por qué se llamaban así, pero se otorgaban puntos adicionales a quienes las encontraban.

—¿Otulissa? —dijo Soren.

—¿Sí, Soren?

Glaux bendito, esperaba que no le causara problemas.

—Otulissa, tú y yo descenderemos a tierra por turnos una vez que encontremos un punto de entrada en el que penetrar con acierto. Los demás debéis quedaros con el recipiente de mu en cuanto localicemos un sitio donde esconderlo.

El recipiente no se parecía exactamente a un cubo, sino más bien a una cacerola plana. Podía resultar complicado transportar los carbones en su interior, pero Soren creía que si volaban de manera uniforme podrían conseguirlo.

—Bien —prosiguió—, la buena noticia es que no tendremos que recoger tantos carbones como hacemos normalmente. Recordad que no los necesitamos para una fragua, sino sólo para esas tres bolsas de pepitas.

Por vez primera, Soren se dio cuenta de que no se había amilanado como acostumbraba hacer cuando pronunciaba u oía la palabra «pepitas». Quizá se debía a que empezaba a conocerlas. Sí, tenían poder, pero al mismo tiempo su fuerza no era absoluta. Él y la banda podían dañar esa fuerza y posiblemente destruirla. Soren comprendió de repente que, con los escasos conocimientos que había adquirido durante las últimas horas, sabía mucho más que las brutales aves de San Aegolius. Estaba por ver si sabía tanto o más que los Puros, como Eglantine los había denominado, y aquella horrenda ave llamada Pico de Metal.

Minutos después, Soren y Otulissa bordaban la linde del incendio. Bordar era una maniobra de vuelo en la que entraban y salían velozmente de lo que llamaban los puntos muertos situados en los límites del incendio para averiguar cuáles eran los mejores desde los que lanzarse en picado. En eso consistía ahora el trabajo de Soren. Por lo general era Elvan, el constructor de obtención de carbón, junto con Ezylryb, quien dirigía la bordada. Pero Ezylryb había insistido tantas veces en que Soren volara directamente detrás de Elvan que Soren creía que sabría hacerlo ahora. A menudo tenían que realizar hasta veinte bordadas para dar con un punto de entrada. Hasta entonces había hecho cuatro bordadas. A la quinta, Soren percibió un «lanzamiento», es decir, un buen pasillo abierto.

—Creo que éste podría servir —anunció a Otulissa, y sobrevolaron una vez más aquel punto—. Muy bien, busquemos un sitio cercano en el que esconder este recipiente de mu y pongámonos a trabajar.

Cuando hubieron encontrado el lugar para el improvisado cubo, Soren y Otulissa dejaron que sus compañeros lo custodiaran y emprendieron el vuelo hacia el fuego. Su fragor era ensordecedor mientras devoraba los árboles de abajo. Soren confiaba fervientemente en que Eglantine no tuviera que ir a advertirles de nada. Para una lechuza joven como su hermana, que no estaba acostumbrada a volar en incendios forestales, a menudo el ruido resultaba más intimidante que el calor. Entonces Soren dio la orden.

—¡Abajo!

Otulissa emprendió un vertiginoso descenso en espiral. Soren fijó la mirada en ella al tiempo que sus manchas se desdibujaban. ¿Cuántas veces había hecho esto, vigilar desde el aire, no para Otulissa sino para su pareja de brigada, Martin? Recordaba muy bien la primera vez. No había tenido miedo sólo por Martin, sino también por sí mismo. Habían imaginado toda clase de horrores que un incendio forestal podía generar. Los vientos racheados, el coronamiento cuando el fuego, en su furia desbocada, saltaba de la copa de un árbol a la contigua, provocando escaleras de combustible que lo aspiraban todo con su calor mortífero, incluidas las aves en pleno vuelo. Sin embargo, en realidad nada lo había asustado tanto como aquel huracán que había hecho que Martin se precipitara al mar.

Soren no perdía de vista a Otulissa mientras recordaba todo esto. Vio a la cárabo manchado elevarse en una columna de corrientes ascendientes de aire caliente. Otulissa giró al pasar junto a Soren, con sus blancas manchas ahora oscurecidas por el hollín. Un ascua luciérnaga centelleaba en su pico mientras volaba hacia el lugar donde habían escondido el recipiente de mu. Ahora le tocaba a Soren. Se lanzó hacia abajo. Las capas de carbón eran ricas, y las chisporroteantes ascuas, aunque de pequeño tamaño, quemaban al rojo vivo. Consiguió recoger dos al mismo tiempo y regresó directamente hacia el cubo de mu.

Soren y Otulissa sólo necesitaron hacer cuatro turnos más cada uno para recoger suficientes ascuas. Mucho antes de medianoche volvieron a la cornisa donde sus amigos los esperaban junto al cubo.

Soren y Eglantine llevaban entre ambos el recipiente de mu con docenas de ascuas luciérnagas. Twilight, siendo el más grande y fuerte de todos ellos, portaba en sus patas el fragmento de metal mu que no habían convertido en cubo a modo de escudo contra las pepitas por si se topaban con alguna de las bolsas desaparecidas. Otulissa seguía volando a la cabeza de la formación.

Gylfie, la más pequeña, volaba a pocos metros del suelo para vigilar de cerca. Y Digger hacía lo que se le daba mejor que a ninguno de los otros: caminar.

Otulissa tenía la corazonada de que Gylfie, por ser menuda, y Digger, por caminar, podrían pasar por debajo del destructivo campo magnético de las pepitas si éstas estaban situadas en lo alto de los árboles. El plan consistía en que, si encontraban las bolsas de pepitas, las quemarían, destruyendo así lo que Otulissa llamaba la «alineación magnética». Se trataba sin duda de magnetismo superior, y Soren estaba muy contento de que Otulissa hubiese leído acerca de él. Pero, aun así, podían hacer todo aquello y no encontrar ni rastro de Ezylryb, quien bien podía estar muerto. De todos modos, Soren no se atrevía a pensar en eso, y no podía permitir que sus compañeros lo hicieran. Cumplían una misión de rescate, y rescatar significaba salvar criaturas vivas. Soren, por otra parte, estaba casi seguro de que, de alguna manera, la desaparición de Ezylryb guardaba relación con Pico de Metal. Era una intuición de la molleja, como Ezylryb había denominado a esa sensación en cierta ocasión. Era un modo de saber. Evocó las palabras de su maestro: «Es una forma de pensamiento que va más allá de los procesos de razonamiento normales por los que se capta la verdad, se percibe y se comprende la realidad.» Y Ezylryb había añadido que Soren la tenía, que poseía ese extraño modo de conocimiento. Cómo se había emocionado cuando Ezylryb dijo eso, cuando, en esencia, afirmó que él era especial: una lechuza especial.

—¡Escudo de mu! —Otulissa se ladeó bruscamente y retrocedió—. Lo noto. No hay duda, lo noto.

Soren ordenó enseguida a Gylfie y Digger, que iban bajo ellos, que avanzaran despacio y con gran cautela. Ahora era Twilight quien volaba en la posición de la punta, sosteniendo la lámina de metal mu con sus patas a modo de escudo. Los restantes volaban detrás de él. Cada pocos segundos, Otulissa estiraba el cuello y se exponía directamente a la fuerza magnética. Si inclinaba la cabeza hacia el lado de babor del escudo y volvía parpadeando y con aspecto confuso, sabían que se dirigían hacia una de las bolsas de pepitas. ¡La destruirían! Ahora les parecía que, antes de localizar a Ezylryb, debían comprometerse a acabar con las tres bolsas de pepitas que podían poner en peligro las aptitudes de vuelo y navegación de todas las aves. Si Otulissa se asomaba por el lado de estribor y no experimentaba ningún cambio, sabían que se habían desviado del rumbo de las pepitas. Gylfie y Digger, la una volando a ras de suelo y el otro caminando, avanzaban sin peligro, como Otulissa había sospechado.

Les llevó algún tiempo navegar hacia la primera bolsa, y fue Digger el que la divisó desde el suelo y gritó:

—¡Aliso al frente! ¡Objeto alojado entre rama y tronco!

Protegiéndose con el escudo, fueron volando hasta el árbol. Su sincronización fue precisa. Twilight pasó el escudo a Soren, quien había dado el cubo de ascuas a Eglantine. Entonces extendió una pata y propinó un brusco empujón a la bolsa, que cayó al suelo. Sus efectos pudieron apreciarse de inmediato en Gylfie y Digger. Este último empezó a tambalearse, y Gylfie simplemente se posó, con las alas como muertas a los lados; al mismo tiempo, los dos experimentaron un extraño zumbido en la cabeza. Soren hundió el pico en el cubo y dejó caer con perfecta precisión las ascuas luciérnagas sobre la bolsa. Se produjo una llamarada cuando ésta se prendió y ardió. Al cabo de unos minutos, Otulissa se asomó desde detrás del escudo.

—¡Es un milagro! —exclamó, y abandonó la protección del escudo.

Para entonces la fuerza magnética había sido completamente destruida. Digger y Gylfie, que volvían a estar bien despiertos, reanudaron el avance. Digger empezó a caminar recto otra vez, directamente hacia el bulto en llamas. Levantó un poco de tierra con sus patas para sofocar el fuego.

—No lo apagues del todo. Puede que necesitemos algunas ascuas más —dijo Soren.

Recuperó las brasitas más vivas del fuego, y Otulissa recogió algo de ceniza. Sus compañeros los observaron con asombro.

—¿Cómo lo hacen? —susurró Digger.

Cuando Soren y Otulissa tuvieron los carbones y se aseguraron de que el fuego se había extinguido sin peligro, alzaron el vuelo.

Habían destruido una bolsa, pero ése era sólo un vértice del triángulo. El segundo sería más difícil de encontrar, porque podía estar en cualquier lugar a partir del primer punto. Ignoraban si aquel triángulo apuntaba al este, al oeste, al norte o al sur. Volaron durante casi una hora en varias direcciones hasta que Otulissa empezó a notar una perturbación. Entonces todo sucedió deprisa.

—¡Roble! —gritó Gylfie.

Desde su posición baja, notó que la perturbación que experimentaba venía del gigantesco árbol muerto que había delante.

Esta vez la bolsa de pepitas estaba alojada dentro de

un hueco, y puesto que éste estaba algo húmedo, pudieron quemar la bolsa en su interior, conteniendo así el fuego sin que el árbol entero ardiera. Digger se elevó agarrando terrones de fango húmedo para apagar las llamas. Luego, una vez más, levantaron el vuelo para dar con el tercer y último vértice del Triángulo del Diablo.

Ezylryb parpadeó mientras estaba posado sobre la rama de la pícea. ¿Había estado soñando o lo que había sentido era real? Le pareció que el zumbido perdía intensidad y que una especie de niebla disipaba el interior de su cabeza. Lentamente extendió las alas y giró el cuello para mirar en todas las direcciones. Casi se sentía como si pudiera volver a volar con un objetivo y un rumbo precisos, sin confundirse. Algo había cambiado. Quizá podría, al menos, tratar de llegar hasta otro árbol cercano. Eso no debería costarle demasiado. A fin de cuentas, había sido capaz de cazar pequeñas presas que correteaban junto al pie de su árbol. «Hazlo fácil —se dijo—. Fija la vista en ese álamo de ahí. Concéntrate en una rama. Alza el vuelo, un par de aleteos y estarás allí. Concéntrate. Medita, tal como los hermanos glauxianos te enseñaron hace muchos años.»

Ezylryb se disponía a levantar el vuelo cuando oyó algo que volaba ruidosamente a ras de suelo.

—¡Ezylryb! —exclamó Gylfie—. ¡Es Ezylryb!

Debía de estar soñando. Era la pequeña mochuelo

duende, la mejor amiga de Soren. Entonces, en lo alto, oyó el inconfundible sonido silbante de un ave con un carbón en el pico. Olfateó el aire. «¡La brigada está aquí!»

Desde un árbol muy alto situado fuera del triángulo, una lechuza común excepcionalmente grande, con un pico y una máscara de metal que le cubrían la mitad de la cara, observaba consternada cómo aquella banda de jóvenes quemaba la última bolsa de pepitas y la trampa quedaba destruida.

—¿Sabía Su Pureza que el fuego podía hacer esto con las pepitas sagradas?

—Cierra el pico.

El Sumo Tyto estuvo tentado de despedazar a aquel miserable con sus propias garras, pero teniendo sus demás tropas en Kuneer, necesitaba todos los efectivos. Ellos, los Puros, eran diez, frente a seis jóvenes del Gran Árbol Ga'Hoole. De éstos, el cárabo lapón sería el enemigo más duro de pelar. Ahora a esos seis se les había unido aquel viejo autillo bigotudo... Pero era débil. Sí, débil; pero también listo. Y cuán cerca habían estado de convertirlo en uno de los suyos. Si hubieran encontrado otro castillo, un fuerte, cualquier cosa dejada por los Otros que pudiera servirles de cuartel general, habrían podido atraer al autillo bigotudo hasta allí. Así las cosas, no habían tenido más remedio que mantenerlo oculto en el árbol y suministrarle suficiente caza para que no muriera de hambre; muerto no les serviría de nada. Qué valiosos habrían sido sus conocimientos. Con el viejo, habrían dominado no sólo los Reinos del Sur, sino también los del Norte, pues era de allí de donde procedía el anciano autillo: el territorio de las grandes Aguas del Norte, la patria de los guerreros legendarios. Y era el viejo autillo quien seguramente les había enseñado ese truco con fuego. Aquel pájaro, al que llamaban Ezylryb o algunas veces Lyze, era el más famoso de todos los reinos. Tenía que ser de ellos. Se decía que poseía facultades y conocimientos que eran inimaginables. Los Puros lo necesitaban. Puede que no fuera un Tyto, pero lo necesitaban de todos modos. Y lo tendrían. Y tan pronto como lo tuvieran, lo encerrarían en la cripta y entonces lo poseerían de verdad.

—Su Pureza; el cárabo lapón parece feroz. Podría ser un problema.

—¿Un problema? —dijo pausadamente el Sumo Tyto con una voz que asustó a la lechuza tenebrosa que acababa de hablar—. ¿Te ha pasado inadvertido, Wortmore, que esos jovenzuelos no llevan garras de combate?

—Es cierto, señor. No he reparado en ello —repuso Wortmore con voz temblorosa.

—¡Listos para atacar!

Nueve lechuzas, todas con la cara en forma de corazón, algunas oscuras, otras de un blanco purísimo y una con una máscara metálica, extendieron sus garras de combate.

CAPÍTULO 20

¡Atacad!

E zylryb permaneció con los dos miembros de su brigada y los demás formando un círculo en el suelo mientras observaban cómo ardía la bolsa. Cuando la última de las pepitas resplandeció casi al rojo blanco, se extendió una sensación de gran alivio. Las cadenas que había sujetado el triángulo se habían roto, y ahora daba la impresión de que los eslabones de esa cadena hubieran desaparecido sin más en el aire nocturno.

Soren no salía de su perplejidad. Nunca había imaginado, ni soñando, que encontrarían a Ezylryb justo en medio del Triángulo del Diablo.

—Creo que deberíamos ser capaces de regresar a casa por la mañana, antes de la primera luz —dijo Soren por fin.

Apenas podía hablar, tan grande era su alegría al ver a su anciano maestro. Se disponía a decir a Digger que procediera a extinguir el fuego, que ya no necesitaban carbones, cuando de repente unos estridentes chillidos de lechuzas desgarraron la noche.

—¡Es un ataque! —gritó Twilight, y se irguió en toda su estatura, con las garras extendidas.

Soren vio que había diez lechuzas, todas armadas con garras de combate. Y una con un pico metálico volaba directamente hacia Twilight. Éste se agachó justo a tiempo. Lo único que Soren podía pensar era: «No tenemos garras de combate. Somos sólo seis, siete contando a Ezylryb. ¡Nos harán pedazos!» Jamás lograrían sobrevivir.

Entonces, para su sorpresa, agachándose y esquivando todas las acometidas de Pico de Metal, Twilight empezó a entonar una de sus burlas guerreras:

Tú crees que esas garras metálicas me espantan.
¡Le daré al pico hasta que me pidas basta!

El asaltante estuvo a punto de detenerse en pleno vuelo. Estaba completamente sorprendido ante aquel extraño cántico.

Tu molleja es blanda como un gusano,
haré que te retuerzas por el fango...

Twilight llenaba el aire con su ronca furia. Estaba en todas partes a la vez. Cogió el escudo de mu que había estado portando y lo levantó justo a tiempo de parar un fuerte golpe de una de las garras de Pico de Metal. La garra atravesó el blando metal del escudo, pero aun así Twilight pudo protegerse. El cárabo lapón avanzó. Entretanto, Soren esquivaba las garras de combate de una lechuza tenebrosa de aspecto fiero. Pero no sabía cuánto tiempo podría mantenerla a raya. Tan sólo era capaz de esquivar y defenderse. No tenía nada con que atacar. De repente, un fuerte zumbido atravesó el bosque. ¿Había caído el cometa rojo en la tierra? Soren abrió los ojos de par en par lleno de asombro. No se trataba del cometa. Era Ruby, con un ascua ardiente en el pico. «¿Cómo nos ha encontrado?» Además, el compañero de brigada de Soren, Martin, la seguía de cerca con el pico lleno de ramitas encendidas. La situación mejoraba. Los bandos estaban más igualados, con nueve aves —incluyendo a Ezylryb— de Ga'Hoole frente a diez de Pico de Metal.

Ruby había prendido fuego a una rama de pícea y volaba con ella en sus patas, agitando el aire a su alrededor. Aún había carbones ardiendo. Soren y Digger se miraron y al instante procedieron a coger los que pudieron. Atacarían. Podían luchar ofensivamente y quizá derrotar a aquellas lechuzas. Otulissa se unió a ellos. De inmediato, el aire se llenó de los zumbidos de las teas mientras los pájaros de la brigada del carbón volaban a través del bosque. Gylfie y Eglantine aseguraban el suministro de teas metiendo ramas y ramitas

213

en las ascuas. Pero no tardaron en descubrir que no eran demasiado pequeñas ni demasiado inexpertas para transportar las teas más delgadas a través de la noche para chamuscar el vientre de las lechuzas enemigas.

Hábil y preciso, el contraataque había empezado en serio. Y mientras tanto las burlas y los insultos con sonsonete de Twilight no dejaban de resonar en el bosque, una pulla tintineante y estruendosa que distraía y sembraba el miedo entre las tropas de Pico de Metal.

Tenemos el fuego, tenemos energía,
os haremos regurgitar la comida.
Uno, dos, tres, cuatro, cinco,
os preguntaréis si aún estáis vivos.
Seis, siete, ocho, nueve, diez,
sois los reyes de la estupidez.
Puedo contar una eternidad,
y quizás es mejor que empecéis a rezar.

Os hacéis llamar los Puros,
los mejores pájaros que surcan lo oscuro.
Yo os digo que apestáis terriblemente
y no sois tan inteligentes.
Sois lo más arrogante que puede haber
y vuestra molleja no soporta ni el té.
No sois mejores que la caca de vaca,
y aunque podáis volar,
sois más mezquinos que una rata.

Al oír este último verso, una de las lechuzas tenebrosas se distrajo hasta el punto de estrellarse directamente contra una rama ardiente que Ruby sostenía.

—¡Glaux bendito! —murmuró la joven lechuza campestre—. Ni siquiera he tenido necesidad de atacar. Se me ha echado encima.

El olor a plumas chamuscadas se elevó en el aire. Otra lechuza, que había recibido la estocada de una rama encendida por una luciérnaga, se alejó chillando.

Pero Pico de Metal, impertérrito, avanzaba contra Twilight con una furia mortífera, con sus garras de combate extendidas y relucientes a la luz de las llamas. Ruby se apresuró a situarse en el flanco descubierto de Twilight, con su rama ardiente, y se sumó a la lucha contra aquella lechuza grande y terrorífica. Soren y Otulissa avanzaron con ramas encendidas, blandiéndolas a modo de espadas de fuego contra los otros enemigos. Uno de los del grupo de Pico de Metal se desestabilizó en el aire y cayó al suelo. Martin dejó caer inmediatamente las cenizas que llevaba en su pico sobre las alas del pájaro abatido.

—Le he apuntado al ojo —explicó a Gylfie con voz entrecortada—. Pero no soy tan buen tirador como lo fue Soren con aquel lince.

—Cuidado, Martin, detrás de ti.

Una lechuza tenebrosa con las garras extendidas se abalanzó hacia la cola de Martin. Sin pensar en su propia seguridad, Gylfie se lanzó sobre la masa de plumas ardientes de la lechuza que se había caído y ascendió con una bolita en la boca, tratando de sostenerla como había visto a los carboneros sujetar las ascuas. Luego se precipitó hacia el pájaro que había atacado a Martin, se elevó en círculos y le encendió las plumas del vientre. Se oyó un chillido espantoso, y la lechuza tenebrosa se convirtió en un proyectil de fuego en una trayectoria descontrolada a través del aire.

—¡Esquívala, Eglantine!

Eglantine hizo un giro lateral para dejar paso libre al proyectil, que fue a estrellarse de cabeza contra el tronco de un árbol. Por el camino, la lechuza había perdido sus garras de combate. Soren bajó a recoger un juego, y Otulissa se hizo con el otro.

—¡Juntos podríamos formar pareja y causar algunos daños! —gritó Otulissa a Soren.

—¡Twilight necesita ayuda! Conseguid una rama ardiente.

Eglantine se acercó hasta Soren con una rama recién encendida.

Otulissa había avanzado valerosamente. «No he volado nunca con unas garras de combate tan grandes. Debería usarlas Twilight», le pasó por la cabeza, pero el instinto la obligó a hacerse cargo de la situación. Se lanzó hacia arriba, detrás de la enorme lechuza, y luego arremetió con las garras curvadas hacia abajo y le asestó un golpe terrible. Pico de Metal se tambaleó en pleno vuelo. No la había visto llegar, y ahora Soren ascendió en una maniobra lateral y le hundió la delgada rama en llamas debajo de la máscara. Empujó con más fuerza, y un gran fragmento de la máscara se desprendió y cayó al suelo.

Soren parpadeó. Sintió que se le paraba el corazón y se le petrificaba la molleja.

—¡Kludd!

El nombre se escapó como un estallido de la siringe de Soren. Ahora su propio hermano volaba hacia él, con las garras levantadas para arrancarle los ojos.

—¡Sorpresa, hermanito!

Soren lo esquivó. De repente tuvo la sensación de que le iba a saltar la molleja. ¡Perdería el control! ¿Caería?

—¡Quiere matarte, Soren!

El grito de Gylfie le hizo recobrar el juicio. Se precipitó a por la rama que todavía ardía, pero junto a ella había otra más gruesa. Y la cogió. Acto seguido, como un volcán en erupción que arrojase ascuas vivas que abrasaran el aire, Soren se elevó para batirse con su hermano. Extendió las patas, con las garras de combate en una y la tea encendida en la otra, y avanzó hacia Kludd, quien se precipitó hacia delante dando un bandazo en una maniobra. Al momento descendió en picado. Soren notó que el aire se agitaba debajo de él. Dos segundos antes, las garras de combate de Kludd le habrían desgarrado el pecho, Soren giró y voló hacia arriba, una maniobra dificilísima pero que ejecutaba a la perfección. Kludd salió tras él. Sin embargo, Soren pudo percibirlo antes de verlo pegado a su cola, de modo que frenó su vuelo bruscamente y se lanzó hacia abajo. Kludd se pasó de frenada, y no paró de soltar palabrotas. Efectuando una cerrada inclinación lateral para regresar, Kludd gritó a Soren, que se encontraba a unos diez metros o más por debajo:

—¡Te cogeré!

Ésa era la parte más difícil. Soren tenía que planear..., planear sin huir ni perder el control sobre sus alas. «Deja que se acerque, deja que se acerque. Tranquilo, tranquilo. ¡Ahora!» Soren chasqueó debajo de Kludd, sosteniendo la rama ardiente hacia arriba. Las ascuas cayeron sobre el pedazo que quedaba de la máscara metálica.

Entonces se oyó un ronco gruñido, seguido de un chillido desgarrador y horrendo. Ruby, Soren y Twilight retrocedieron para observar, con hipnótico espanto, cómo el metal que había cubierto la mitad de la cara de la lechuza comenzaba a derretirse en una masa amorfa que se extendía sobre toda su cara. Pico de Metal empezó a plegar las alas.

«¡Pierde el control! ¡Caerá!», pensó Soren, y lo deseó ansiosamente. Pero entonces parpadeó, incrédulo, al ver que la lechuza, haciendo uso de una extraordinaria reserva de energía, levantaba las alas, giraba la cabeza y abría el pico que se fundía.

—Muerte al impuro. ¡Larga vida a los Tytos supremos! ¡Muerte a Soren! ¡Larga vida a los Puros, las auténticas lechuzas! ¡Muerte a Soren!

La noche entera pareció crepitar con esas palabras y luego la enfurecida lechuza se perdió volando en la oscuridad. Cuatro lechuzas yacían muertas en el suelo y las demás siguieron a su jefe, el Puro cuyo pico todavía emitía un resplandor rojo.

De repente se hizo el silencio. Una pluma chamuscada flotó lánguidamente impulsada por la leve brisa nocturna. Soren se posó sobre una rama. «Mi propio hermano. Mi propio hermano es Pico de Metal, y quiere matarme. Matarme.» El bosque, el mundo que lo rodeaba, pareció disolverse. Soren se sintió como si estuviera solo en un espacio extraño que no era la tierra ni el cielo.

—Soren. —Gylfie alzó el vuelo y fue a posarse sobre la rama a su lado—. Soren, no te pasará nada malo. Está loco, Soren. Los espectros de tu mamá y tu papá te advirtieron de ello, precisamente.

Soren se volvió hacia la pequeña mochuelo duende. Tenía los ojos anegados en lágrimas.

—Pero, Gylfie, todavía hay asuntos pendientes de resolver en la tierra. Kludd aún está vivo. Los espectros de mis padres deben de estar todavía lejos del glaumora.

—Están un poco más cerca, Soren. Tienen que estarlo. Deben de sentirse muy orgullosos de ti. Fíjate en lo que has hecho.

Soren miró hacia una rama próxima del mismo árbol. Todos sus compañeros estaban a salvo, y Ezylryb se encontraba posado sobre una rama más baja con lágrimas en los ojos mientras contemplaba a los jóvenes que le habían salvado la vida. A pesar de ello, Soren todavía se sentía invadido por los terribles y abrumadores pensamientos acerca de su hermano. En lo que Kludd les había hecho a él y a Eglantine, y en lo que él, Soren, había hecho a Kludd. Sencillamente era todo demasiado horrendo para darle vueltas. De modo que centró sus pensamientos en otra cosa: en su mejor amiga en el mundo, Gylfie. Y ella acababa de decir que quizá los espectros de sus padres estaban un poco más cerca del glaumora. «Tal vez, tal vez», pensó.

Soren bajó la vista hacia Gylfie. ¿Cómo era posible que ella supiera siempre qué tenía que decir en cada momento? Pero ¿y los padres de Gylfie? ¿Su amiga se preguntaba alguna vez si estaban vivos o muertos? ¿Si eran espectros a medio camino entre la tierra y el glaumora?

—Gylfie —dijo Soren con vacilación—. ¿Piensas alguna vez en tus padres?

—Por supuesto, Soren. Pero creo que están muertos.

—¿Y si no lo están?

—¿Qué quieres decir?

Soren permaneció callado durante un momento. No podía expresar lo que pensaba en realidad, porque sencillamente era demasiado egoísta. Si estaban vivos, eso significaría que Gylfie regresaría al desierto de Kuneer para vivir con ellos, y Soren no sabía si podría soportar perder a la pequeña mochuelo duende.

—Oh, nada —respondió Soren, esforzándose por adoptar un tono despreocupado.

—Quizás algún día iremos a Kuneer a comprobarlo. Hay allí un desierto de los espíritus, ¿sabes? Si los espectros de mis padres todavía tienen asuntos pendientes de resolver, es allí donde estarán.

—Sí, sí, supongo —susurró Soren.

CAPÍTULO 21

Buena luz

Octavia salió arrastrándose a una rama del Gran Árbol y escudriñó el cielo. La noche se había aclarado; su negrura estaba ahora raída como una prenda gastada, y a través de ella pronto empezarían a relucir los primeros albores del día. Había presentido que Soren y su pequeña banda harían algo después de que ella los hubiera descubierto en la cámara secreta. Aunque no había nacido ciega, Octavia había asimilado los extraordinarios instintos y sensaciones de las otras serpientes ciegas. Y ahora, mientras se deslizaba por la rama, percibió algo que volaba hacia el árbol. Se enroscó e hizo oscilar la cabeza. ¡Algo se acercaba desde la lejanía! Algo agitaba el aire. Tuvo la sensación de que las vibraciones ondulaban a través de sus escamas. Entonces oyó el grito del centinela.

—¡Aves dos puntos al nordeste! ¡Glaux bendito!

¡Ezylryb vuela a la cabeza de la formación! ¡Ha vuelto! ¡Ha vuelto!

De los ojos ciegos de Octavia empezaron a deslizarse lágrimas.

—¡Regresa! ¡Regresa! —susurró.

Una alegre algarabía se propagó por todo el Gran Árbol Ga'Hoole. De todos los huecos salían aves —búhos nivales y cárabos manchados, búhos comunes y cárabos lapones, mochuelos duende y chicos— que se posaban en los miles de ramas y saludaban bulliciosamente el regreso de la mejor de las brigadas y del instructor más sabio del Gran Árbol: Ezylryb.

Cuando la noche dejó paso al día, mientras Soren, Gylfie, Twilight, Eglantine y Digger descansaban en el plumón de su oquedad, la nítida música de las cuerdas del arpa comenzó a deslizarse por entre las ramas del viejo árbol. La voz de Madame Plonk, tan deliciosa, tan misteriosamente hermosa, tan bella como las estrellas más lejanas, se elevó en la pálida luz. Soren oyó la suave respiración de Eglantine a su lado. Sabía que en un hueco situado más arriba del suyo Ezylryb debía de estar masticando una oruga y quizás, a la lumbre del fuego de su chimenea, leía un viejo libro. Desde la abertura de su hueco, Soren podía ver la constelación del Pequeño Mapache, arañando con su pata trasera el cielo de finales de otoño antes de desvanecerse en otra noche de otro mundo situado en otra parte de la tierra. La voz de Madame Plonk resonaba a través del árbol. Luego oyó el precioso tañido del arpa. Parecía envolverlos a todos con su música. Desde luego que él no lo sabía, pero Octavia, aun siendo vieja y gorda, acababa de saltar tres octavas por primera vez en muchos años. Estaba tan contenta que se sentía de nuevo como una serpiente joven y delgada. Casi le parecía ver las notas mientras se alejaban flotando en la última oscuridad de la noche para alcanzar el alba.

—Buena luz —dijo Soren en voz baja, y lo dijo siete veces, una por cada uno de sus amigos, los compañeros a quienes había dirigido en su misión para arreglar el mundo y rescatar a su maestro más querido—. Buena luz —repitió.

Sin embargo, todos estaban profundamente dormidos.

En un hueco situado muy arriba, en el lado noroeste del Gran Árbol Ga'Hoole, un anciano autillo bigotudo estaba posado ante su escritorio por primera vez en varios meses. Hizo una mueca al arrancarse una pluma del ala de estribor. Por alguna razón parecía que las mejores plumas para escribir le salían siempre en esa zona. Luego cogió una hoja nueva de su mejor pergamino, mojó la pluma en un tintero y se puso a escribir.

En un bosque oscuro y espeso,
humo y chispas vivas encendieron
los árboles, el cielo, la luna en las alturas...,
como si Glaux suspirara con amargura.

Una lechuza común con metal en la cara
proclamó la superioridad de su raza.
¿Se acobardó la mejor brigada de todas
en la que podía ser su última hora?
Con sus ardientes ramas enhiestas
irrumpieron en la noche funesta.
Sobre la máscara las llamas corren...
¡un demonio del pasado de Soren!

Lo flanqueaban nueve pájaros justos,
de ojos negros y adustos,
sus garras destelleando sin cesar,
dispuestas a cortar, acuchillar, desgarrar.
Y en aquella noche oscura y espesa
la mejor brigada emprendió la contienda,
con patas ensangrentadas y plumas chamuscadas.
Una batalla ganada..., ¡una guerra empezada!

Ezylryb suspiró profundamente y soltó la pluma cuando el resplandor de la mañana se filtraba en el interior de su hueco.

LAS LECHUZAS
y otros personajes de
GUARDIANES DE GA'HOOLE

El rescate

SOREN: Lechuza común, *Tyto alba*, del reino del Bosque de Tyto; raptado cuando contaba tres semanas de edad por patrullas de San Aegolius; fugado de la Academia San Aegolius para Lechuzas Huérfanas.

Su familia:
KLUDD: Lechuza común, *Tyto alba*, hermano mayor.
EGLANTINE: Lechuza común, *Tyto alba*, hermana menor.
NOCTUS: Lechuza común, *Tyto alba*, padre.
MARELLA: Lechuza común, *Tyto alba*, madre.

Nodriza de su familia:
SEÑORA PLITHIVER: Serpiente ciega.

GYLFIE: Mochuelo duende, *Micrathene whitneyi*, del reino desértico de Kuneer; raptada cuando contaba casi tres semanas de edad por patrullas de San Aegolius; fugada de la Academia San Aegolius para Lechuzas Huérfanas; mejor amiga de Soren.

TWILIGHT: Cárabo lapón, *Strix nebulosa*, volador libre, huérfano a las pocas horas de nacer.

DIGGER: Mochuelo excavador, *Speotyto cunicularius*, del reino desértico de Kuneer; perdido en el desierto tras el ataque en el que su hermano fue asesinado y devorado por lechuzas de San Aegolius.

BORON: Búho nival, *Nyctea scandiaca*, rey de Hoole.

BARRAN: Búho nival, *Nyctea scandiaca*, reina de Hoole.

STRIX STRUMA: Cárabo manchado, *Strix occidentalis*, la solemne instructora de navegación en el Gran Árbol Ga'Hoole.

EZYLRYB: Autillo bigotudo, *Otus trichopsis*, el sabio instructor de interpretación del tiempo y de obtención de carbón en el Gran Árbol Ga'Hoole; mentor de Soren.

POOT: Lechuza boreal, *Aegolius funerus*, el ayudante de Ezylryb.

MADAME PLONK: Búho nival, *Nyctea scandiaca*, la elegante cantante del Gran Árbol Ga'Hoole.

OCTAVIA: Serpiente ciega, nodriza de Madame Plonk y Ezylryb.

DEWLAP: Mochuelo excavador, *Speotyto cunicularius*, instructora de Ga'Hoolología en el Gran Árbol Ga'Hoole.

BUBO: Búho común, *Bubo virginianus*, herrero del Gran Árbol Ga'Hoole.

MAGS LA COMERCIANTE: Urraca, vendedora ambulante.

OTULISSA: Cárabo manchado, *Strix occidentalis*, alumna de prestigioso linaje en el Gran Árbol Ga'Hoole.

PRIMROSE: Mochuelo chico, *Glaucidium gnomanium*, rescatada de un incendio forestal y trasladada al Gran Árbol Ga'Hoole la noche de la llegada de Soren y sus amigos.

MARTIN: Lechuza norteña, *Aegolius acadicus*, rescatado y trasladado al Gran Árbol Ga'Hoole la misma noche que Primrose; compañero de Soren en la brigada de Ezylryb.

RUBY: Lechuza campestre, *Asio flammeus*; perdió su familia en circunstancias misteriosas y fue trasladada al Gran Árbol Ga'Hoole; compañera de Soren en la brigada de Ezylryb.

SILVER: Lechuza moteada, *Tyto multipunctata*, trasladado al Gran Árbol Ga'Hoole tras haber sido rescatado durante la Gran Caída.

NUT BEAM: Lechuza enmascarada, *Tyto novaehollandia*, trasladado al Gran Árbol Ga'Hoole tras haber sido rescatado durante la Gran Caída.

LA HERRERA ERMITAÑA DE VELO DE PLATA: Búho nival, *Nyctea scandiaca*; herrera independiente de todos los reinos del mundo de las lechuzas.

Índice